Wegweiser für ein gesundes, langes Leben

Dipl.-Ing. der Geodäsie
Klaus Dieter Trautmann

Wegweiser für ein gesundes, langes Leben

Dipl.-Ing. der Geodäsie
Klaus Dieter Trautmann

 tredition®

Korrektorat: Selbstverlag Trautmann
Umschlaggestaltung: Selbstverlag Trautmann und Kösel Media GmbH

2. Auflage 2018

Bibliografische Information der Deutschen Nationalbibliothek:
Die Deutsche Nationalbibliothek verzeichnet diese Publikation in der
Deutschen Nationalbibliografie; detaillierte bibliografische Daten sind
im Internet über http://dnb.d-nb.de abrufbar.

Die Rechte für die deutsche Ausgabe besitzt der Autor
Dipl.-Ing. Klaus Dieter Trautmann
Homepage: www.selbstverlag-trautmann.com

Verlag: tradition GmbH, Halenreie 40-44, 22359 Hamburg

ISBN 978-3-7469-2947-7 (Paperback)
ISBN 978-3-7469-2948-4 (Hardcover)
ISBN 978-3-7469-2949-1 (E-Book)

Inhaltsverzeichnis

Vorwort

Zunehmende Belastungen sowohl körperlicher als auch seelischer Art, die Verwendung zahlreicher Gift- und Schadstoffe in der Agrar- und Tierwirtschaft, d. h. der Nahrungsmittelproduktion, sowie der Umweltverschmutzung und die teilweise Zerstörung unseres Lebensraumes zeigen uns unmissverständlich an, dass ein Umdenken stattfinden muss. Die steigenden Krankheitszahlen als auch der zunehmende Medikamentenverbrauch, worauf deutsche Gesundheitsbehörden immer wieder hinweisen, sind ein klares Alarmzeichen hierfür.

Anfang der 80-iger Jahre wurde mir bewusst: Eine solche Entwicklung kann und darf ich nicht mehr tolerieren. Nicht nur die Leiden meiner an akutem Rheuma erkrankten Ehefrau Waltraud, sondern auch meine zunehmenden körperlichen Beschwerden gaben mir damals den Anlass, intensiv nach Lösungen und Informationen über eine gesündere Lebensweise zu suchen.

Schon nach kurzer Zeit wurde ich fündig und zwar durch die Mitwirkung hervorragender Professoren und Ärzte. Darum gilt mein besonderer Dank Prof. Dr. med. Berthold Höfling, Krankenhaus Agatharied in Hausham/Bayern (zuvor im Klinikum Großhadern in München), dem inzwischen verstorbenen Dr. med. M. O. Bruker, dem ebenfalls verstorbenen Homöopathen und Arzt Dr. med. Hans Ertl in Lalling/Bay., Frau Dr. med. Anna Bothmann-Iser in Deggendorf/Bay., der praktischen Ärztin Frau Theresa Frank-Schengili in Lalling/Bay. und vielen anderen mehr, durch deren Gesundheits-Referate, fachlich hoch qualifizierten Gespräche, Literatur und Anregungen ich viel Wissen und Erkenntnisse erlangen konnte. Diesen Schatz möchte ich mit dem vorliegenden Buch an Sie weitergeben.

„In der einen Hälfte des Lebens opfern wir unsere Gesundheit, um Geld zu erwerben. In der anderen Hälfte opfern wir Geld, um die Gesundheit wiederzuerlangen."

-Voltaire-

Klaus Dieter Trautmann

1. Körperschädigende Einflüsse und deren Vermeidung

Vollständigen Schutz kann und wird es nicht geben. Wer sich hiervor schützen möchte, kann solche Schadstoffaufnahmen nur verringern bzw. durch Ausleitung auf ein Minimum reduzieren. Alles Andere wäre nur eine illusorische als auch realitätsfremde Denkweise.

1.1 Wie gelangen Schadstoffe in unseren Körper?

In der heutigen Zeit nimmt jeder Mensch Schadstoffe auf, der eine mehr, der andere weniger. Im Wesentlichen erfolgt dies über die Nahrungs- und Getränkeaufnahme sowie die Atemwege. Einige Schadstoffe können auch über die Haut oder durch Injektion in den Körper gelangen. Welche gesundheitsgefährdenden Stoffe das sein können, egal, ob fester, flüssiger oder gasförmiger Art, einschließlich elektromagnetischer Strahlenfelder, erfahren Sie in den Unterkapiteln 1.1 bis 1.8.

Nahrungs- und Lebensmittel

Hier können es Rückstände von Pestiziden in der Agrarwirtschaft, Antibiotikum in der Tierzucht sowie zahlreiche chemische Zusatzstoffe in Nahrungsmitteln, zum Beispiel Konservierungsstoffe, Geschmacksverstärker (Glutamat), die künstlichen Farbstoffe E 102 bis E 180 und vieles mehr sein, was wir als Schadstoffe kennen.

Viele Schadstoffe, die auch in der Luft vorkommen (durch Abgase des PKW-, LKW-, Luft-, Schiffs-, teils auch des Personen- und Güterverkehrs, sowie durch Industrie- und Verbrennungsanlagen), gelangen über Niederschläge in den Böden; dort werden sie von den Pflanzen aufgenommen, die wiederum von Mensch und Tier verzehrt bzw. gefressen werden.

Ein ähnlicher Kreislauf findet bei der Düngung von Wiesen und Feldern statt: Sämtliche Schadstoffe, die sich im Tierkörper befinden (z. B. Rückstände von Medikamenten und nicht immer schadstofffreie Futtermittel), werden vom Tier zum Teil ausgeschieden und gelangen somit in Gülle und Stallmist. Beides wird zur Düngung von Agrarflächen verwendet. Über die Nahrungskette gelangen somit auch diese Schadstoffe in den menschlichen Körper.

Wesentlich besser verhält sich dies in Bezug auf kontrolliert biologisch erzeugte Produkte. Sie können nur sehr geringe, gesundheitlich bedenkliche Mengen an Schadstoffen enthalten, etwa solche, die über die Luft und Niederschläge in den Böden gelangen. Bioprodukte kann ich daher sehr empfehlen, es gibt keine bessere Alternative hierzu.

Genetisch veränderte Nahrungserzeugnisse lehne ich hingegen kategorisch ab. Denn bis heute gibt es keine Langzeitstudien, die wissenschaftlich belegen, dass genetisch manipulierte Erzeugnisse unbedenklich bzw. gesund sind.

Wer seine Speisen frisch zubereitet, anstatt Fertignahrung zu essen, überwiegend Bioprodukte sowie geringe Mengen Fisch, Fleisch und Wurstwaren aus artgerechter Tierzucht bevorzugt, Töpfe und Pfannen benutzt, die sowohl blei- als auch aluminiumfrei sind, und keine unnötigen Medikamente einnimmt, kann die Schadstoffaufnahme beträchtlich verringern, siehe Kapitel 2, Ernährungslehre.

Wasser
Ähnlich unterschiedliche Schadstoffe gelangen sogar in unser Wasser, durch mehr oder weniger ungeklärte Abwässer, mit all ihren schädlichen Inhaltsstoffen, durch Überdüngung und Giftstoffe in der Agrarwirtschaft, durch vielfältige Schadstoffe, die mit dem Regen oder anderen Niederschlägen in das Grundwasser eindringen, ebenso durch die unsachgemäße und vorsätzliche Entsorgung von Giftstoffen, durch Ölkatastrophen auf den Weltmeeren, einschließlich der Schiffsunglücke mit sowohl chemischen als auch radioaktiven Stoffen -teils kriminell entsorgt -, durch die vielen Verkehrsunfälle auf dem Land mit Gefahrenfracht, sei es im LKW- oder Güterverkehr, durch giftige Chemikalien, die zur Gewinnung von Rohstoffen aus Profitgier eingesetzt werden (hier und da der Einsatz von Quecksilber bei der Goldgewinnung oder der chemische Gifteinsatz bei der Fracking-Methode, d. h. Ölförderung aus tief in der Erde befindlichem Schiefer).

Zwar trinken wir solch verunreinigtes Wasser hierzulande gewiss nicht, aber für die Pflanzen und Tiere im entsprechenden Lebensraum kann es sehr schädliche Auswirkungen haben. Beide werden im Zuge der Nahrungskette wiederum vom Menschen gegessen – inklusive deren Schadstoffablagerungen. Bevor wir unser Trinkwasser erhalten, wird es aufbereitet, in Deutschland brauchen wir uns über die Wasserqualität kaum Sorgen zu machen. Unser Trinkwasser zählt mit zu den Besten in Europa, wie einige Studien im Internet belegen. Dennoch sollte es, um ganz sicher zu gehen, zusätzlich abgekocht werden - rein therapeutisch betrachtet, alleine schon wegen möglicher Bakterien, die uns gesundheitlich schaden könnten, besonders im Hinblick auf Kleinkinder sowie akut kranke und geschwächte Personen.

Etwas anders als bei dem Trinkwasser sieht es in Bezug auf Schadstoffe bei der Getränkeherstellung aus. Da es sehr viele Arten von Getränken gibt, möchte ich sie zunächst in alkoholische und alkoholfreie Getränke unterteilen. Bei den alkoholischen Getränken ist es eindeutig: Wer regelmäßig und über die Maßen Alkohol verkonsumiert -täglich mehrere Flaschen Bier, einige Schoppen Wein oder eine größere Menge Spirituosen- der schadet seiner Gesundheit beträchtlich. Ähnlich verhält es sich im Hinblick auf andere Suchtgetränke wie koffeinhaltigen Kaffee und schwarzen Tee. Was im Falle zu hohen Konsums zu Herz- und Kreislaufproblemen führen kann, bei zwei, drei Tassen am Tag jedoch kaum.

Alkoholfreie Getränke, die mehr oder weniger viele chemische Zusatzstoffe sowie recht viel Fabrikzucker oder Süßstoff enthalten, stufe ich gesundheitlich als ziemlich bedenklich ein. Ich meide solche Getränke ohnehin, um eventuellen Allergien vorzubeugen.

Empfehlen möchte ich hingegen Mineralwasser (am besten ohne Kohlensäure), frisch gepresste Fruchtsäfte ohne Zugabe von Zucker, Konservierungsmitteln u. a., Kräutertees aus ökologisch kontrolliertem Anbau, ein Kakaogetränk und unbehandelte Frischmilch, direkt vom Bauern (auf einer Almhütte erhalten Wanderer nur solche Milch). Achtung; für Säuglinge und Schwangere ist diese Rohmilch potenziell riskant! Wer mag, kann einige dieser Getränke mit Honig oder frischem Zitronensaft geschmacklich variieren.

Abschließend folgen zwei Tipps: Lassen Sie alte Wasserleitungsrohre, die aus Blei oder Kupfer bestehen, entfernen und durch Edelstahlrohre ersetzen. Achten Sie darauf, dass die Verbindungsstücke verschraubt bzw. mittels sogenannten Pressfittings verschlossen werden. Aber bitte keineswegs zusammenschweißen lassen, weil sonst schädliches Nickel und Chrom in das Wasser gelangen können. Edelstahl soll für Mensch und Tier unbedenklicher sein. Andere Rohrmaterialien, die gleichermaßen Verwendung finden, haben gesundheitliche Vor- und Nachteile und sind deshalb nur unter Vorbehalt zu empfehlen.

Bevorzugen Sie ferner Getränke in Glas- anstelle von Plastikflaschen (siehe Unterkapitel 1.1.1, Abschnitt Weichmacher).

Luft

In unserer Atemluft können ähnliche Arten und Mengen fester, flüssige, sowie gasförmige Schadstoffe vorkommen, die über Nase, Mund oder Haut eingeatmet bzw. aufgenommen werden. Als Hauptverursacher von gesundheitlichen Schädigungen gelten die Abgase im Straßenverkehr: *Stickoxide* (Atemwegserkrankungen), *Kohlenmonoxid* (kann zum Erstickungstod führen), *Benzol* (Blut schädigend, kann das Erbgut verändern, verursacht Reizung der Schleimhäute, Schwindel, Kopfschmerzen sowie einiges mehr) und *Schwefeldioxid* (Lungenreizungen). Nicht weniger schädlich sind Dieselruß sowie der Abrieb von Reifen und Bremsbelägen. Durch Wind und Wärmeauftrieb werden diese Schadstoffpartikel aufgewirbelt, können sich dann zu Wassertröpfchen (Nebel) entwickeln und gelangen nun über die Atemwege in unseren Körper, wo sie Krebs begünstigen oder verursachen können.

Bei Klebstoffen und Farben sollten Sie darauf achten, dass sie keine schädlichen Lösungsmittel (z. B. Alkohol, Ether, Aceton, Methylacetat u. a.) enthalten bzw. dass sie stattdessen lösungsmittelfrei sind. Dort, wo sich Ihr hauptsächlicher Lebensbereich befindet (Wohnung), sollten lang anhaltende, starke Gerüche, meist verursacht durch Malerarbeiten sowie Möbel aus Spanplatten und Fußbodenbeläge, unbedingt eingeschränkt bzw. vermieden werden. Lüften Sie deshalb viel und verwenden Sie möglichst nur Materialien, die schadstoffarm oder -frei sind. Möbel, die aus Massivholz (ohne Giftzusätze), anstatt aus Spanplatten oder Kunststoffen gefertigt, sowie Farben und Fußbodenbeläge, die nachweisbar schadstoffarm sind, sollten stets bevorzugt werden.

Die vielen unterschiedlichen Gerüche und Dämpfe, die z. B. durch Reinigungs- und Toilettenartikel, Shampoos, Haarwasser, Deos und Parfüms entstehen, können sowohl zu Atemwegserkrankungen als auch zu

Asthma führen. Weniger ist hier in jedem Fall mehr. Und da auch unsere Haut ein Atmungsorgan ist, sollte Ihre Kleidung schadstoffgeprüft, d. h. schadstofffrei sein.

Achten Sie ferner darauf, dass sich keine asbesthaltigen Materialien (Dach-, Fassadenplatten, Feuerschutzwände u. v. m.) in Ihrer Nähe befinden. Falls doch, dann sollten Sie dafür sorgen, dass diese rasch und fachgerecht entsorgt werden. Asbeststaub (Feinstaub) kann zu akuten Krebsleiden führen.

Vermeiden Sie des Weiteren unbedingt Tabakrauch einzuatmen, wegen seiner gefährlichen Metalle wie Blei und Cadmium als auch andere Schadstoffe z. B. Nikotin und Teerstoffe.

Wer sich oft und lange in freier Natur aufhält, möglich weit von Stadtluft und Industrieabgasen entfernt, und sein Zuhause konsequent von Schadstoffen befreit, lebt in jedem Fall gesünder und fühlt sich demzufolge auch wohler.

Impfstoffe/Medikamente

Es gibt zahlreiche Medikamente und Impfstoffe, bei deren Zusammensetzung Zusätze enthalten sind, die den menschlichen Organismus schädigen können, quasi unerwünschte Nebenwirkungen verursachen z. B. durch Schmerzmittel. Dabei kommt es jedoch auf die Dosierung (Stärke) des Medikaments an und darauf, wie lange es eingenommen wird. Auch das Alter und die körperliche Verfassung eines Patienten spielen hierbei eine wesentliche Rolle: Je älter oder organgeschädigter jemand ist, desto riskanter können die Auswirkungen sein: bei geschwächtem Körper, zu

schwachem Immunsystem, Krankheiten und Unfälle).
Besondere Vorsicht auch bei Babys und Kleinkindern!

Zum Beispiel enthalten verschiedene Impfstoffe, die meist in der Schmerztherapie Anwendung finden z. B. bei -Rheuma, Krebs, akuten Verletzungen und Entzündungen- mehr oder weniger viele Quecksilber- und Aluminiumverbindungen. Dies sind Stoffe, die in der Wissenschaft als giftig und somit als gesundheitsschädigend bezeichnet werden. Bei den meisten festen Arzneimitteln (Tabletten, Kapseln) sowie flüssigen Medikamenten (Saft, Sirup) sieht es ähnlich aus. Meines Erachtens werden gegenwärtig viel zu oft Medikamente aus der Schulmedizin verordnet und verabreicht.

Mit großer Sorge registriere ich den zu häufigen Einsatz von Psychopharmaka, nicht nur in Alten- und Pflegeeinrichtungen, sondern auch in manchen Krankenhäusern/Kliniken, so mein persönlicher Eindruck während jahrelanger Krankenhausaufenthalte meiner Ehefrau als auch des Aufenthalts meiner Mutter in einem Alten- und Pflegeheim. Sicher werden sie hier und da auch benötigt, ganz unstrittig. Aber es sollte hiermit kein Missbrauch betrieben werden, quasi um jemanden zum Beispiel aus Personalmangel nur ruhig zustellen.

Was ich persönlich bevorzuge, ebenso empfehlen möchte, ist die ganzheitliche Medizinlehre, anstatt die hoch gepriesene Schulmedizin. Ebenso Medikamente und Impfstoffe, die mir ein qualitativ guter Arzt der Homöopathie verordnet. Zwar mögen pflanzliche Medikamente langsamer wirken, aber Sie haben bei vorgegebener Einnahme oder Anwendung jedoch keine oder nur geringe Nebenwirkungen zu erwarten (Beipackzettel, ärztliche Aussagen). Was wiederum bedeutet, dass somit eine Schadstoffaufnahme ein Stück weit verringert werden kann.

Vorsicht beim Kauf von verschreibungspflichtigen Medikamenten über das Internet, sofern es keine deutsche Versandapotheke ist: Das Risiko, sich hierdurch mehr zu schaden als zu nützen (keine ärztliche Überwachung und keine gesicherte Medikamenten-Qualitätsgarantie), gilt allgemein als unstrittig.

1.1.1 Die wesentlichen Schadstoffe und potenzielle Folgen

Um sämtliche Schadstoffe zu benennen, die unsere Gesundheit gefährden können, müssten mehrere Bücher geschrieben werden. Deshalb beschränke ich mich nachfolgend nur auf die absolut relevanten – d. h. die für den Menschen besonders giftigen Stoffe. Denn wer sich gesund ernährt und einigermaßen naturnah lebt, der kann vorsorglich so manches abwenden.

Toxische Schwermetalle

Zu den wichtigsten giftigen Schwermetallen, die in unseren Körper gelangen und zu vielfältigen Erkrankungen führen können, zählt das Zahnamalgam, bestehend aus mindestens 50 % flüssigem Quecksilber und zusätzlich unterschiedlichen Mengen einer pulvrigen Mischung von Silber, Kupfer, Blei, Zinn, Indium sowie Zink, wobei das Quecksilber bei Raumtemperatur verdampft, ist dann unsichtbar, geruch- und geschmacklos, die meisten Gesundheitsschäden verursachen kann, insbesondere chronische Schmerzen.

Wer wiederum Amalgamplomben in seinen Zähnen hat, sollte diese schleunigst und sehr sorgsam von seinem Zahnarzt entfernen lassen – und zwar so gründlich, dass vom Amalgam weder etwas zurückbleibt noch vom Patienten verschluckt wird. Als neues Füllmaterial empfehle ich aus eigener Erfahrung Keramikplomben, zumindest für größere Zahnlöcher. Meine Plomben halten bereits schon länger als 35 Jahre und bereiten mir überhaupt keine Probleme. Alternativ kann es auch ein anderes Material, z. B. spezieller Kunststoff oder "Zement" sein, aber nur bei kleineren Löchern – aufgrund der kürzeren Haltbarkeit, zudem sind diese Materialien nicht ganz ungiftig, wie auch ärztlicherseits manchmal bestätigt wird.

Vor einer Zahnsanierung rate ich Ihnen, sich unbedingt bei Ihrer Krankenkasse darüber zu informieren, welche Kosten in etwa auf Sie zukommen werden. Je nach Kasse und danach, wie der Einzelne versichert ist, bestehen diesbezüglich beträchtliche Unterschiede. Eines ist gewiss: Die Kosten für Amalgamfüllungen übernehmen wohl sämtliche Krankenkassen in vollem Umfang.

Dagegen ist in Norwegen und Dänemark (seit etwa 2008), sowie in Schweden (ab 2009) die Verwendung von Amalgam in der Zahnsanierung verboten. Dies sollte auch unseren Gesundheitsbehörden zu denken geben!

Zum Glück gibt es in Deutschland immer mehr Zahnarztpraxen, die Amalgampräparate strikt ablehnen bzw. erst gar nicht besitzen – der erwiesenen Giftigkeit wegen.

Implantate, die z. B. Titan enthalten, können in hochgradigem Maße zu Allergien führen. Ähnliche Auswirkungen können bei Goldkronen vorkommen, da sie aus verschiedenen Legierungen bestehen. Keramikkronen, die kein Metall enthalten, sind hingegen gesundheitlich unbedenklich. Dennoch können die verwendeten Klebstoffe allergische und toxische Begleiterscheinungen verursachen, sofern sie nicht mittels Argonlaser oder Ähnliches in harmlosere Molekülketten umgewandelt werden.

Quecksilber (Hg) kann auch auf andere Art und Weise als bei Amalgamplomben in unseren Körper gelangen, z. B. über Energiesparlampen/Leuchtstoffröhren, die einen hohen Anteil an Quecksilber enthalten, was am Rand der Fassungen austreten oder nach dem Zerbrechen verdampfen kann, sowie manche Desinfektionsmittel und Thermometer, durch Fisch, tierische Innereien und einiges mehr. Ausgenommen sind quecksilberfreie LED-Lampen.

Blei (Pb) kommt heute noch in alten Wasserleitungen vor, als Zusatzstoff in Rostschutzfarben, besonders für Brückenanstriche -seit einigen Jahren nur noch bleifrei erhältlich- genauso wie unser Benzin inzwischen, in der Nuklearmedizin als Strahlenschutz, hier und da in der Elektro- und Metallindustrie, in alten Bleitellern und -krügen, in manchen Tees und Heilkräutern, besonders aus einigen fernen Ländern (z. B. China) u. a.

Bis zum Untergang des Römischen Reiches (ungefähr 400 bis 500 n. Chr.), nachdem sie mit viel Blei in Berührung gekommen waren -durch Kampfausrüstungen, Trinkgefäße- u. a. galten die Römer als dekadent, also geistesgestört und im Verfall begriffen. Blei kommt folglich in vielen Lebensbereichen vor; kaum jemand ist frei von solchen Ablagerungen in seinem Körper.

Cadmium (CD) ist in zahlreichen Produkten enthalten, z. B. in PVC-Belägen, in Legierungen mit Quecksilber oder Kupfer, in Zigaretten, im Klärschlamm und tritt als Endprodukt bei der Müllverbrennung auf.

Zinn (Sn) kommt häufig als Legierung bei der Blechherstellung vor (Dosen, Tuben u. a.), daneben im Amalgam, in Pestiziden, in manchen Desinfektionsmitteln, als Lötzinn und einiges mehr, es ist folglich ebenfalls weit verbreitet.

Aluminium (Al), ein Leichtmetall, wird von den Aluminiumherstellern als kaum giftig bezeichnet, kommt aber in fast allen Lebensbereichen vor, meist auch in agrarwirtschaftlich konventionellen Erzeugnissen wie im Getreide, Gemüse, in Früchten, alten Kochtöpfen und Essbestecken, in Backtriebmitteln, Alufolien, in verschiedenen Medikamenten, einschließlich in Impfstoffen, in der Kosmetikindustrie z. B. in den meisten Sonnenschutzmitteln, auch in einigen Deos und wahrscheinlich sehr große Mengen, von Düsenflugzeugen versprüht, was durch Kondensstreifen am blauen

Himmel gut sichtbar wird. Durch Niederschläge gelangt ein Großteil wieder auf unsere Erdoberfläche.

Wer sich vor solchen Metallen nicht schützt bzw. die zuvor genannten Auswirkungen eindämmt oder vermeidet, kann seine Gesundheit durch Schwermetallablagerungen akut gefährden: Tumore, Schädigungen an Nervensystem und Erbgut, Demenz, Alzheimer, eventuell auch Parkinson, Herz-Kreislauf-Probleme, Blutdruckschwankungen, Asthma, Lupus (z. B. Rheumaleiden mit akuten Krankheitsschüben), Rückenschmerzen, Ischias, Depressionen, Migräne, Tuberkulose, chronische Nierenerkrankungen, Kieferschwund und Lockerung der Zähne, Gesichtsschmerzen, Pilzinfektionen, Übergewicht und sehr viel mehr können etwaige Folgen sein.

Weichmacher (Phthalate) und deren Reduzierung

Phthalate werden von verschiedenen Herstellern hauptsächlich verwendet, um spröde Kunststoffe glatt, weich und elastisch zu machen. Dadurch kommen sie in zahlreichen Alltagsprodukten vor, z.B. in der Kunststoff- und Farbstoffindustrie, teils in Kinderspielzeug, in Verpackungsmaterialien/Folien, Klebstoffen, synthetischen Gummis sowie in Bodenbelägen. Hinzu kommt ein Weichmacheranteil in einigen Medikamenten, Körperpflegemitteln, Toilettenartikeln, bestimmten Fassadenverkleidungen und Polstermöbeln.

Da Phthalate in vielen Produkten chemisch nicht gebunden sind, können sie auch entweichen. Diese Stoffe werden dann meist über die Nahrung und die Atemluft von Mensch und Tier aufgenommen, begünstigt durch wärmere Temperaturen, wobei sie ihre gesundheitsschädigenden Wirkungen entfalten können.

Babys und Kleinkinder stecken gern alles, was sie greifen können, in den Mund bzw. lecken es ab. Um Kinder vor einer Vergiftung zu schützen, wurde die EU-Richtlinie/Verordnung 2005/84 EG beschlossen, die drei bestimmte Phthalate (DEHP, DBP und BBP) in Kinderspielzeug verbietet. Dies ist zwar ein guter und sinnvoller Anfang, allerdings reicht diese Maßnahme längst nicht mehr aus. Was folgen sollte, ist, dass sämtliches Kinderspielzeug, das Weichmacher und andere Schadstoffe enthält, durch schadstofffreies Spielzeug ersetzt, fortan kein Spielzeug mehr mit Weichmachern produziert wird. Die Gesundheit und das Wohlergehen unserer Kinder sollten stets Vorrang erhalten. Verzichten Sie stattdessen auf Anschaffungen, die nicht unbedingt notwendig sind.

Einige Weichmacher stehen darüber hinaus im Verdacht, Babys im Mutterleib zu schädigen z. B. Verhaltensstörungen, Leberschäden u. a. zu verursachen. Da Phthalate negativ auf den Hormonhaushalt wirken, können sie bei Männern sogar zur Unfruchtbarkeit führen. Auch Anzeichen für allergische Symptome werden vermutet.

Zum Abschluss folgende Tipps:

-bevorzugen Sie Getränkeflaschen aus Glas

-bewahren Sie Speisen möglichst in Glas-, Porzellan- oder speziellen Metallgefäßen auf z. B. aus Edelstahl, an statt als Verpackung Plastik- oder Aluminiumfolie zu benutzen

-vermeiden Sie Nahrungsmittel, die in Folien einge-

schweißt sind, kaufen Sie lieber lose in Papier verpackte Esswaren.
-Schnuller sollten aus schadstofffreien Materialien oder reinem Kautschuk bestehen.

1.1.2 Ausleitung von toxischen Schwermetallen

Wer glaubt, sein Körper sei frei von toxischen Schwermetallen, der irrt sicherlich. Es wird kaum einen Menschen ohne entsprechende Ablagerungen geben. Nur mengenmäßig werden sie sich voneinander unterscheiden. Da vorerst niemand weiß, welche Mengen solcher Giftstoffe sich im Körper befinden, verdient dieses Thema große Aufmerksamkeit, egal, wie alt jemand ist, denn auch Kinder sind hiervon betroffen.

Unsere natürlichen Entgiftungsorgane sind die Leber und die Nieren. Zugleich sind sie jedoch nicht dazu in der Lage, toxische Schwermetalle aus dem Körper zu entfernen. Wenn doch, dann höchstens nur in sehr geringen Mengen. Der weitaus größte Teil dieser metallischen Giftstoffe, insbesondere Quecksilber, gelangt über das Blut in die Darmschleimhaut und von dort aus an verschiedene Stellen des Körpers, sei es das Bindegewebe, die Organe wie Leber, Nieren, Darm, Magen u. a., in die Nerven- und Gehirnzellen oder anderswo. Noch gibt es keine eindeutigen Erkenntnisse, weshalb sich die Schadstoffe ausgerechnet an solch unterschiedlichen Stellen ablagern. Einige Experten (im Internet) gehen neuerdings davon aus, dass seelisches Leid oder ungelöste Konflikte hierfür ursächlich sein können z. B. Ärger schlägt auf den Magen oder man bekommt akute Kopfschmerzen. Vielleicht sind heftige seelische Schmerzen sogar der Auslöser, weshalb über das Gehirn gesteuert Anweisungen an die Nerven erteilt werden, dass sich die Giftstoffe nur an bestimmten Stellen ablagern sollen, um noch unbekannte Aufgaben -eventuell an entzündlichem Gewebe- oder Nervenzellen- zu erfüllen. Auch ich tendiere logischerweise in diese Richtung.

Wenn sich Quecksilber oder andere metallische Toxine in oder um die Nervenzellen festsetzen, können sie recht zerstörerisch wirken, z. B. indem sie spezielle Zellfunktionen umprogrammieren, ganze Nervenzellen absterben lassen, Blockaden oder Schmerzen im motorischen Bewegungsapparat erzeugen, aber auch im Hals-Schulter-Rücken-Bereich und an vielen weiteren Stellen.

Was ich noch gefährlicher und besorgniserregender finde, sind Quecksilberablagerungen in den Gehirnzellen. Denn Quecksilber ist in der Lage, die Blut-Hirn-Schranke zu überwinden, um in das Innere der Zellen zu gelangen (Referat von Dr. med. D. Klinghardt 2009). Ist dies geschehen, können auch andere Giftstoffe in die Gehirnzellen eindringen. Dort können sie ähnliche Schäden anrichten wie schon bei den Nervenzellen erwähnt. Nur, dass die Psyche hiervon sehr stark betroffen sein kann, was aller Wahrscheinlichkeit nach auch zu Demenzerkrankungen führen könnte.

Inzwischen gibt es eindeutige Erkenntnisse durch Obduktionen an Verstorbenen, worüber auch einige deutsche Medien berichteten, dass sich in vielen Tumoren ein höherer Quecksilbergehalt befindet als außerhalb von Geschwüren. Grund genug, mit einer Ausleitung von toxischen Schwermetallen zu beginnen!

Ausleitungsmittel

Aufgrund von Referaten des fachlich kompetenten Experten Dr. med. Dietrich Klinghardt, USA, und entsprechenden Medieninformationen aus Deutschland, Österreich und der Schweiz bin ich zu der Erkenntnis gelangt, als wirkungsvollste Ausleitungsmittel Chlorella sowie Bärlauch- und Korianderkrautextrakt zu empfehlen. Für akute Vergiftungsfälle, sowie als präventive Maßnahme, z.B. bei den Katastrophen in Tschernobil und in Fukushima, als auch im Uranbergbau wird DMPS, ein extra starkes Ausleitungsmittel, injiziert oder es werden weitere Mittel, die mir noch unbekannt sind, verabreicht.

- *Chlorella* ist eine Süßwasseralge, die nur in glasklaren, schadstoffüberprüften Binnenseen oder Zuchtbecken geerntet wird. Im Handel ist sie als kleiner grüner Pressling erhältlich (meist à 250 mg oder 400 mg) und zwar in Bio-Qualität. Chlorella besitzt die Fähigkeit, auch bei kleinerer Dosis (z. B. 1 bis 2 Presslinge je Mahlzeit) ziemlich große Mengen an Schwermetallen im Körpergewebe zu mobilisieren und deren Ausleitung besonders über den Darm anzuregen. Vorsicht ist bei einer zu niedrigen Einnahme von Chlorella (etwa 1 bis 2 Stück) geboten: Dann werden zwar große Mengen Schwermetalle mobilisiert, aber nur wenig davon wird ausgeschieden. Als Folge können recht unangenehme Nebenwirkungen auftreten: Kopfschmerzen, Nervosität, Übelkeit, Darmprobleme u. a. Wird die Dosierung sofort erhöht, verschwinden diese Nebenwirkungen rasch. Chlorella ist auch ein qualitativ hochwertiges Nahrungsergänzungsmittel. Es enthält nicht nur reichlich Vitamine, primär der B-Gruppe, sondern auch genügend Mineralien wie Magnesium, Kalium, Calcium, Schwefel, Phosphor, Natrium u. a., Spurenelemente wie Eisen, Jod, Selen, Kupfer, Fluor u. a., sämtliche essenziellen Aminosäuren, viel Chlorophyll und einiges mehr. In Japan und Südkorea soll diese Alge jährlich tonnenweise mit der Nahrung verzehrt werden, ohne dass gesundheitliche Komplikationen jemals bekannt wurden.

- *Bärlauch* gibt es als Extrakt aus frischen Bärlauchblättern in einer alkoholisch wässrigen Lösung (45 Vol.-%), empfohlener Flascheninhalt 50 ml oder in Form von Tabletten. Das Präparat wirkt unterstützend zu Chlorella. Die Einnahme ist jedoch nicht zwingend notwendig.

- *Koriander* (oder auf Spanisch Cilantro) ist als Extrakt aus frischem Korianderkraut in einer alkoholisch wässrigen Lösung (35 Vol.-%), empfohlener Flascheninhalt 50 ml erhältlich. Eigentlich müsste Korianderkraut als Wundermittel bezeichnet werden. Denn es ist kein anderes Mittel bekannt, dass so rasch und effektiv Gehirnzellen entgiften kann (Referat Dr. med. D. Klinghardt). Korianderkrautextrakt kann nicht nur Quecksilber und alle anderen metallischen Giftstoffe in den Gehirnzellen mobilisieren, sondern öffnet auch die

Zellen, um die Schadstoffe in das umliegende Bindegewebe zu verschieben. Damit nichts davon in die Gehirnzellen zurückgelangen kann, sollte es von dort aus umgehend mit Chlorella abtransportiert bzw. ausgeleitet werden.

Die drei zuvor genannten Ausleitungsmittel sind in Apotheken kaum vorrätig und müssen erst bestellt werden, aber über verschiedene Internetanbieter sofort erhältlich zum Beispiel:

www.makana.de,

www.entgiftungs-shop.de,

www.naturprodukte-blum.de.

Wägen Sie selbst ab, wer aus Ihrer Sicht vertrauenswürdiger und kostengerechter ist. Die Preise von Korianderkraut- und Bärlauchextrakt unterscheiden sich nur unwesentlich. Bei Chlorella schaut es allerdings etwas anders aus, die kann ich über meine Apotheke unerklärlicher- weise nicht bekommen. Aus welchem Grund nur.....?

Dem sei hinzugefügt, dass auch regelmäßiger Knoblauchverzehr, z. B. 2 bis 3 Zehen täglich zur Entgiftung von Schwermetallen geringfügig beitragen kann.

Ausleitungsempfehlungen

Jeder, der sich entschlossen hat, mit einer Ausleitung zu beginnen, sollte vorher seinen Arzt bzw. seine Ärztin befragen. Sollte diese(r) Sie hiervon abraten, dann empfehle ich, mindestens noch eine Zweitmeinung einzuholen.

Ansonsten kann ich nur Empfehlungen weitergeben, die auf persönliche Erfahrungen beruhen. Jeder handelt hier allerdings in eigener Verantwortung.

Mittlerweile habe ich schon fünf Ausleitungen hinter mir, wobei nur die erste am Anfang mit Kopfschmerzen verlief. Aber nach Erhöhung der Dosis (Presslinge) war diese Beschwerde rasch wieder weg.

Bevor jedoch mit einer Gehirnzellenentgiftung begonnen wird, sollten zunächst seelische Konflikte mittels Problembeseitigung gelöst oder gemildert werden. Denn sonst können diese Zellen verschlossen bleiben und somit ein Ausleiten verhindern. Eine Giftstoff-Ausleitung macht ferner nur dann Sinn, wenn die Zähne frei von Amalgamplomben sind. Bitte lassen Sie vorher alle fachgerecht entfernen und durch alternatives Material ersetzen.

Weil es ärztlicherseits noch keine übereinstimmende Konzepte gibt, wie eine sinnvolle Zellentgiftung erfolgen soll, erläutere ich nachfolgend meine sehr erfolgreiche Vorgehensweise. Folgende Ausleitungsmittel benötigen Sie für einen Zeitraum von 5 bis 6 Monate (Erfahrungswert von Dr. Klinghardt, den ich teile):

a) mindestens 1.800 Stück Chlorella-Presslinge kaufen à 400 mg oder 2.900 Stück a´ 250 mg, also täglich etwa 4 g

b) 1 Fläschchen (50 ml) Bärlauch-Extrakt (nicht unbedingt nötig) und

c) 1 Fläschchen (50 ml) Korianderkraut- bzw. Cilantris-Extrakt.

Sollten bei einer Entgiftung Chlorella-Presslinge übrig bleiben, können sie bei der nächsten wieder Verwendung finden. Bei richtiger Lagerung -trocken und lichtgeschützt- können sie nahezu zwei Jahre halten.

Bitte kaufen Sie nur reine Chlorella (Bioqualität) und keine Mittel mit Namensanhängsel bzw. -änderungen, denen unnötige Zusatzstoffe beigemengt wurden. Entsprechende Präparate können zudem wesentlich teurer sein.

Zeitlicher Ablauf einer Ausleitung:

Drei Monate lang dreimal täglich Chlorella (eventuell mit Bärlauch) einnehmen und zwar mit dem Essen (nicht zusammen mit heißen Speisen) oder direkt im Anschluss hiernach. Probieren Sie aus, was für Sie magenverträglicher ist.

Dann einen Monat Chlorella, zusammen mit Cilantris/Korianderkrauttropfen und abschließend einen bis zwei Monate nur Chlorella einnehmen.

Empfohlene Dosierung!

1. Woche:

Morgens und mittags je 2 Chlorellapresslinge, sowie abends 3 Presslinge (à 400 mg) mit reichlich Mineralwasser ohne Kohlensäure einnehmen (wer möchte, abends noch 10 Tropfen Bärlauch in etwas Wasser verdünnt), insgesamt 7 Presslinge à 400 mg oder 11 Presslinge à 250 mg (3/3/5) am Tag. Bei eventuellem Kopfschweh die Dosis entsprechend erhöhen (ausprobieren) oder seine Hausärztin/seinen Hausarzt fragen.

2. Woche bis Ende 3. Monat:

Morgens und mittags je 3 Chlorellapresslinge, sowie am Abend 4 Presslinge (abends eventuell noch mit 10 Tropfen Bärlauch) einnehmen, also 10 Presslinge à 400 mg oder 16 Presslinge à 250 mg (5/5/6) am Tag. Normalerweise sollte das Bindegewebe nun frei von toxischen Schwermetallen sein, zumindest größtenteils.

4. Monat:
Morgens und mittags je 3 Chlorellapresslinge und abends 4 Stück (400 mg) oder (5/5/6) mit 250 mg, möglichst nur mit Mineralwasser einnehmen.
Ebenso 3 x täglich je 10 Tropfen Cilantris/Korianderkrauttropfen (wer mag, mit wenig Mineralwasser verdünnt), nach dem Essen, bis das Fläschchen aufgebraucht ist, ungefähr nach einem Monat.

Hiernach dürften zumindest die Gehirnzellen frei von Giftstoffen sein.

Trotz alledem rate ich, Chlorella ein bis zwei Monate weiter einzunehmen und zwar 10 Presslinge à 400 mg oder 16 Presslinge à 250 mg täglich.

Normalerweise sollten nun das Bindegewebe als auch die Nerven- und Gehirnzellen frei von Giftstoffen sein. Einige Ärzte können den Schadstoffgehalt sogar messen z.B. Dr. med. Dietrich Klinghardt, eventuell auch Dr. med. Joachim Mutter, mittels spezieller Detektoren oder durch Kinesiologie (siehe Website im Internet). Wenn außerdem noch gewohnte Rückenschmerzen, Schlaflosigkeit, verminderte Konzentrationsfähigkeit, Haarausfall und andere Probleme verschwunden sind bzw. spürbar verringert wurden, dann war die Giftstoffausleitung gewiss ein Erfolg.

Je nach Anzeichen einer erneuten toxischen Schwermetallablagerung wie bei erneuten Rückenschmerzen, Haarausfall, Konzentrationsprobleme, kalte Hände und Füße auch im Sommer u. a., kann eine Ausleitung nach ein, zwei Jahren wiederholt werden, was ich sehr empfehlen möchte.

Wer mag, kann Chlorella als Nahrungsergänzungsmittel auch dauerhaft verzehren, etwa morgens und abends je 3 (5) Presslinge a´ 400/250 mg, einfach ausprobieren. Ich praktiziere das schon einige Zeit lang, ohne irgend welche Beschwerden zu verspüren. Eine Gehirnzellen-Entgiftung sollte meines Erachtens möglichst nach jedem Jahr erfolgen wie bei meiner Dosierung beschrieben. Vorausgesetzt, es wurde 3 Monate vorher mit einer Chlorella-Entgiftung begonnen!

1.2 Elektrosmog

Neben Smog aufgrund von Verkehrsmitteln und Industrieanlagen, gibt es ebenso Elektrosmog. Letzterer durch Menschen verursachte Umweltverunreinigungen, die durch elektromagnetische Felder bzw. Strahlung erzeugt werden und z.B. mittels Spectrum Analyzer (HF Elektrosmog Messgerät) u. a. relativ exakt messbar sind.

Obwohl nach wie vor niemand genau sagen kann oder möchte, welchen gesundheitlichen Schaden E-Smog verursacht bzw. verursachen kann, wurden weltweit bereits zahlreiche wissenschaftliche Studien

(ECOLOG-Studie, Studie der Universität Zürich, Reflex-Studie u. a.) durchgeführt, deren Ergebnisse aufgrund möglicher Erkrankungen recht nachdenklich stimmen sollten. Zwar wurden in vielen Ländern diesbezüglich Richtlinien, Normen und Gesetze beschlossen, die bestimmte Grenzwerte vorgeben, aber sie basieren keinesfalls auf Langzeitstudien über 15, 20 oder 30 Jahre. Gerade solche Ergebnisse zu erfahren, wäre besonders für die jüngere Generation besonders wissenswert und zukunftsrelevant.

Stattdessen wird von den Energieerzeugern, von Verantwortlichen der Funk- und Empfangseinrichtungen als auch von der Elektroindustrie immer wieder betont, wie harmlos   elektrische, beziehungsweise elektromagnetische Strahlenfelder doch seien, insbesondere bei Mobilfunkanlagen sowie -geräten.

1.2.1 Stromtransportwege

Hierzu zählen hauptsächlich Hochspannungsleitungen/-trassen, innerstädtische Stromober- und -erdleitungen, einschließlich der Fern-, U- und S-Bahnen, Leitungssysteme in Gebäuden und Industrieanlagen und vieles mehr. Durch all diese Leitungen fließen die Elektronen, d. h. entweder in Form von Gleich- oder Wechselstrom, in einer bzw. in beiden Richtungen. Auch diese Leitungen verursachen elektromagnetische Strahlung.

Umspannwerke und Trafostationen
Hier wird z. B. der Strom von Windparks eingespeist, in höhere kV umgewandelt und an andere

Stromnetze weitergegeben. Oder die Wechselspannung wird erhöht bzw. verringert. Umspannwerke und Trafostationen bilden folglich die Grundlage für die Verteilung und Übertragung elektrischer Energie, deren unmittelbare Strahlennähe für Mensch und Tier genauso gesundheitsschädigend sein kann.

Elektrogeräte

In den meisten Haushalten befinden sich etwa folgende Gebrauchsgeräte: Radio, Fernseher, Computer, Drucker, Waschmaschine, Wäschetrockner, Kühlschrank/-truhe, Geschirrspülmaschine, Elektroherd, Elektroheizung, Staubsauger, Ventilatoren, Bügeleisen, Lampen, elektrisches Küchengerät und vereinzelt sogar eine Klimaanlage. All diese zahlreichen Geräte, von denen wir täglich umgeben sind, strahlen mehr oder minder elektromagnetische Felder aus. Vorsicht auch vor solchen Strahlen!

1.2.2 Sende- und Empfangsanlagen

Das sind einerseits Anlagen für Rundfunk, Fernsehen, Internet, sowie andererseits für den Mobilfunk als auch für das kabellose Übertragen mittels WLAN und Bluetooth. Wobei Rundfunk- und Fernsehtürme eine wesentlich höhere Hertz-Ausstrahlung erzeugen als Mobilfunkantennen, um noch weit entfernte Radio- und Fernsehbenutzer zu erreichen. In der Regel sind aber Rundfunk- und Fernsehsendetürme weit von bewohnten Gebieten entfernt und meist noch zum

Schutz großflächig eingezäunt. Die Strahlung, die beim Menschen ankommt, sollte folglich geringer als bei Anlagen Nahe von Wohnsiedlungen sein.

Wesentlich anders verhält es sich bei den Mobilfunksendetürmen, die irgendwo in freier Flur stehen, auf Anhöhen oder sehr zahlreich auf höheren Hausdächern, sogar versteckt in Kirchturmkreuze, wo sie meines Erachtens nicht hingehören. Auch dann nicht, wenn von verschiedenen Betreibern behauptet wird, die Strahlung sei harmlos und für die dort wohnenden Menschen keineswegs gesundheitsgefährdend. Dem muss ich vorbehaltlich widersprechen, denn zahlreiche wissenschaftliche Studien widerlegen dies z.B. Umwelt- und Verbraucherorganisation zum Schutz vor elektromagnetischer Strahlung, www.mobilfunkstudien.org, Studien von 2000 bis 2012. Von WLAN- und Bluetootbenutzung rate ich persönlich ab, wegen der zu hohen Strahlung (Aussage von Dr. Dietrich Klinghardt). Alternativ wären Kabelverbindungen meines Erachtens sinnvoller.

Mobilfunkgeräte

Dazu zählen Handys, wobei das Handy selbst ungefährlich ist, nicht aber die Empfangs- und Sendestrahlen, schnurlose Telefone, mobile und stationäre Sprechfunkgeräte, iPhones, Smartphones, GPS-Messgeräte jeglicher Art, andere drahtlose Technologien und gewiss einiges mehr. All dies sind Geräte, die mit ihrer Strahlung bei geringem Abstand direkt auf den Menschen einwirken. Also beschränken Sie deren Nutzung auf ein Minimum oder weichen Sie auf etwaige Kabelverbindungen aus.

1.2.3 Gesundheitliche Folgen

Ob die elektrische, magnetische oder elektromagnetische Strahlung, die von den zuvor genannten Anlagen und Geräten ausgeht, tatsächlich harmlos ist, möchte ich sehr bezweifeln. Denn wissenschaftliche Studien, die global durchgeführt wurden z. B. in Brasilien sowie an den Universitäten in Basel und Bern belegen eindeutig das Gegenteil. Demnach gibt es exakte Hinweise, die unmissverständlich zeigen, welche Krankheiten bzw. erhöhte Risiken hierfür aufgrund von Elektrosmog auftreten können: Krebs, insbesondere Leukämie, auch bei Kindern, Herzprobleme, Nervosität, Stress, Kopfschmerzen, Schlaflosigkeit, Lernstörungen (meist bei Kindern), funktionelle Hormonstörungen, Unfruchtbarkeit bei Männern und gentechnische Schäden der DNS. Die Strahlung kann ferner die Blut-Hirn-Schranke überwinden, was zur Folge hat, dass Giftstoffe wie toxische Schwermetalle ungehindert in die Gehirnzellen eindringen können.

Gegenmaßnahmen

Was jetzt schon käuflich angepriesen wird, sind Abschirmmaterialien gegen elektromagnetische Strahlenfelder wie Netzabkoppler/Netzfreischaltautomaten, Folien, Stoffe, grafithaltige Farben, aktive und passive Störfeldtechnologien (im Militärbereich schon erprobt), Airtube-Headsets, um nur einige zu nennen. Diese werden im Folgenden einzeln erläutert:
Netzfreischaltautomaten sind etwas sehr Positives für Wohnräume, insbesondere für Schlaf-, Kinder- und

Wohnzimmer geeignet. Sie werden von Fachpersonal im Zählerkasten installiert. Dort endet dann der Stromfluss. Wird in den genannten Zimmern ein Lichtschalter betätigt oder ein Elektrogerät z.B. eine Lampe, ein Radio oder Fernseher eingeschaltet beziehungsweise eine Steckdose benutzt, fließt der Strom in Bruchteilen von Sekunden dorthin. Werden diese Geräte ausgeschaltet, endet der Strom erneut im Zählerkasten. Dies bedingt einen wirkungsvollen Schutz vor E-Smog in diesen Räumen. Lassen Sie sich hierüber von einer Fachperson beraten.

Übrigens: Ein Radiowecker gehört aus meiner Sicht in kein Schlaf- oder Kinderzimmer, denn ein batteriebetriebener Wecker, der geräuschlos ist, reicht völlig aus.

Als *Airtube-Headset* wird ein strahlungsfreies Luftschlauch-Prinzip für den Stromfluss benutzt, das patentiert ist. Ein Beispiel hierfür sind Kopf- oder Ohrhörer, die ein Kabel besitzen, in dem sich kein Strom leitender Draht bzw. entsprechende Litze befindet, sondern nur Luft. Dies ist eine sinnvolle, wenngleich noch eine teure Erfindung. Besonders junge Menschen könnten hiervon aufgrund ihres Musikinteresses gesundheitlich profitieren.

Hochspannungsleitungen sollten auf keinem Fall zu nah an Wohnhäusern verlaufen. Wer sich beim Hauskauf oder -bau diesbezüglich Sicherheit verschaffen will, sollte erst die Strahlenwerte von Experten messen lassen und dann eine Entscheidung treffen.

Ich bin ferner der Meinung, dass die Kommunen zum Wohle ihrer Einwohner mit entscheiden sollten, wenn es um die Standortbestimmung in Bezug auf

Sendemasten und andere stärker strahlende Bauvorhaben geht.

1.3 Voraussetzungen für einen erholsamen Schlaf

Unser Schlaf dient der natürlichen Regeneration von Körper, Seele und Geist. Wer sich ins Bett legt, rasch einschläft sowie tief und erholsam schlafen kann, darf froh sein. Denn nicht jeder Mensch kann das genießen. Deshalb gebe ich nachfolgend einige Tipps und Anregungen, die helfen können, erholsamer zu schlafen.

Gehen Sie nicht mit vollem Magen zu Bett, trinken Sie vorher keine koffeinhaltigen Getränke bzw. nicht zu viel Alkohol, ebenso Fruchtsäfte, essen Sie nicht zu spät saures Obst etwa Apfelsinen, Äpfel u.a., gehen Sie mit fröhlichen Gedanken schlafen und vermeiden Sie, sich auf die Herzseite zu legen. Wer ein größeres Herz besitzt z. B. Sportler, könnte durch den Außendruck sehr unangenehme, stechende Schmerzen auf der Herzseite verspüren.

Der Mittagsschlaf wiederum, auf den manche Menschen kaum verzichten möchten, kann zwar sehr angenehm sein, dafür aber die erholsame Nachtruhe beeinträchtigen.

Schlafstätte von Milben befreien

Milben sind sechsbeinige Spinnentierchen, die nur unter einem Mikroskop sichtbar werden. Sie kommen in jedem Bett vor, was nichts mit mangelnder Hygiene zu tun hat. Denn jeder Mensch verliert Hautschuppen, wodurch Milben angezogen werden. Schließlich leben sie davon. Milben gibt es seit Urzeiten. Sie selbst sind harmlos, aber der feine Kotstaub keineswegs, da er eingeatmet wird und Allergien hervorrufen kann.

Wer nackt schläft, fördert jedenfalls die Vermehrung solcher Mikrotierchen. Wenn Sie sich vor dem Schlafen ausziehen, dann tun Sie dies nicht zu nah vorm Bett. Es könnten sonst Schuppenteilchen auf die Bettoberfläche gelangen.

Nach dem Aufstehen sollte das Bett gut gelüftet werden. Entfernen Sie die Zudecke von der Matratze. Lassen Sie die komplette Feuchtigkeit aus der Matratze und dem Bettzeug bei geöffnetem Fenster entweichen. Oder lüften Sie Kissen und Zudecke auf dem Balkon bzw. der Terrasse. Nur dadurch wird den Milben sowie Bakterien und Viren ein idealer Lebensraum entzogen. Erst dann sollten Sie die Betten ordentlich bzw. wie gewohnt herrichten.

Die Matratze sollte eine Milben- bzw. Mikrofaserschutzhülle aufweisen, die einen Reißverschluss besitzt und somit abnehmbar ist. Eine solche Hülle verhindert, dass Milben in das Innere einer Matratze eindringen können. Waschen Sie diese Schutzhülle einschließlich der Bettwäsche alle zwei bis drei Wochen mindestens bei 60° C, um möglichst viele Milben, Bakterien und Viren abzutöten.

Ein wirkungsvoller Milbenschutz besteht, wenn die Matratze alle ein bis zwei Monate mit einem Dampfreiniger (z. B. über Fernsehshops für etwa 85 Euro erhältlich) behandelt wird. Dabei sterben sämtliche Milben ab. Auch für Teppichböden und bestimmte Polstermöbel bestens geeignet. Nach dem Trocknen der Matratze, was einige Stunden dauern kann, sollten die toten Milben und deren Kot mit einem Staubsauger gründlich abgesaugt werden. Diese Mühe lohnt sich, zumal sich hiernach die Atmung und der Schlaf spürbar verbessern können. Verzichten Sie hingegen auf einen chemischen Milbenschutz, weil er Pestizide enthalten kann.

Bettausstattung

Wie man sich bettet, so schläft man – ist durchaus ein sinnvoller Spruch. Ein Bettgestell sollte aufgrund von Strahlung nicht aus Metall, sondern aus heimischem Massivholz bestehen. Um die vier Bettseiten zusammenzuhalten, wird es indes kaum ohne einige Schrauben auskommen. Es gibt nichtsdestotrotz Hersteller:

z.B. www.allnatura.de,

www.naturmöbel-manufaktur.de,

www.natursendung.de/Massivholzbetten oder bei www.ebay.de bzw. www.amazon.de, nur das Stichwort „Massivholzbetten" eingeben, die Bettgestelle vollkommen metallfrei oder nur mit wenigen Schrauben und Scharnieren, aus massivem Holz herstellen. Achten Sie darauf, dass die Holzbretter nicht durch Latten zusammengeklebt wurden. Auch solche Möbel werden heutzutage als Massivholzmöbel bezeichnet. Es sei denn, der hierzu verwendete Kleber ist nachweisbar lösungsmittelfrei und keineswegs gesundheitsschädigend. Die Beweispflicht liegt beim Hersteller.

Ebenso sollte der Lattenrost kaum Metallteile enthalten, aber zwischen weich und fest individuell verstellbar sein. Wenn er zusätzlich am Kopf- und Fußbereich noch höhenverstellbar ist, kann in mancherlei Situationen, etwa bei Krankheiten, durchaus von Vorteil sein. Metallfreie Lattenroste sind u. a. auch aus qualitativem Zirbelholz erhältlich, leider ohne Höhenverstellung und Federung. Eine leichte Federung ließe sich nur mittels einer entsprechenden Matratze erreichen. Achten Sie bei der Anschaffung auf gute Qualität. Wer Rückenprobleme hat, sollte den Rost härter einstellen oder ausprobieren, was ihm persönlich guttut. Auf jeden Lattenrost gehört zudem ein entsprechender Matratzenschoner.

Die richtige Matratze zu finden, erfordert eine korrekte fachliche Beratung, eventuell auch eine Recherche bei der Stiftung Warentest. Matratzen kosten etwa 100 bis 600 Euro (oder mehr). Die teuerste Matratze muss dabei nicht immer die beste sein. Wichtiger ist vielmehr, dass sie aus gesunden Materialien bestehen siehe z.B.: www.natursendung.de/Naturmatratzen u. a. Eine Matratze zwischen 200 und 400 Euro könnte schon Ihren Bedürfnissen entsprechen. Achten Sie beim Kauf auch auf Qualitätsmerkmale und Gütesiegel, die eine Matratze auszeichnen, z.B. ob sie für Rheumatiker geeignet ist. Falls ja, dann sollte sie von der Struktur her relativ hart sein, um etwaige Rückenschmerzen vorzubeugen und generell keine Stahlfedern enthalten. Denn Metalle können sich bei rheumatischen Erkrankungen aufgrund von Strahlung negativ auswirken. Und achten Sie auf die Betthöhe! Wer schon um die 50/60 Jahre alt ist, unter Rückenbeschwerden leidet, den empfehle ich eine Liegehöhe (Matratzenoberkante) von ungefähr 55 bis 60 cm, weil hierdurch das Aufstehen spürbar erleichtert wird. Des

Weiteren rate ich Ihnen, eine Matratze nur mit einem Mikrofaser-Schutzbezug, der einen Reißverschluss enthält, zu kaufen. Dieser Bezug kann schnell abgenommen und gewaschen werden. Matratzen sollten etwa alle zehn Jahre durch eine neue ersetzt werden. Dann sind sie nämlich nicht nur verbraucht, sondern auch aus hygienischen Gründen ungeeignet. Gönnen Sie sich vor dem Matratzenkauf in jedem Fall eine Liegeprobe im Geschäft. Es soll auch Anbieter geben, die Matratzen probeweise ausleihen.

Als Kopfunterlage empfehle ich, ein nicht zu dickes bzw. zu flaches Kissen zu benutzen, denn der Kopf sollte horizontal aufliegen, was entspannender wirkt und sollte außerdem atmungsaktiv und waschbar sein. Es darf aus Materialien bestehen, die einen Gesundheitssiegel aufweisen. Ein gestepptes Kissen, das flauschige Daunenfedern enthält, dürfte ebenso bequem sein. Eine Genickrolle oder ähnliche Unterlagen finde ich aufgrund ihres Drucks auf den Hals bzw. Hinterkopf weniger angebracht. Ansonsten empfehle ich Ihnen, auch hierfür eine fachliche Beratung zu nutzen. Wer am Kopfteil ganz flach auf ein Kissen schlafen kann, so dass die Wirbelsäule etwa horizontal bleibt, entlastet sein Herz. Liegt jemand mit dem Kopf zu hoch, dann muss das Herz stärker pumpen, um das Blut in den Kopf zu treiben. Gewähren Sie Ihrem Herzen auch mal eine Schonzeit, damit es noch recht lange aktiv sein kann.

Die Zudecke sollte gesteppt sein und der Bezug aus Mikrofasern (Schutz vor schädigende Organismen) bestehen. Ratsam wäre eine dünnere Zudecke für den Sommer und eine gut wärmende für die kalte Jahreszeit. Daneben gibt es mit Druckknöpfen verbundene Kombi-Decken, die sich je nach Jahreszeit voneinander trennen und einzeln benutzen lassen. Achten Sie auch hier auf die Gütesiegel. Die Decke sollte atmungsaktiv und relativ leicht sein. Lassen Sie sich fachlich beraten.

Wer Wasserbetten oder andere Neuheiten bevorzugt, weil sie wohltuend und bequem sind, sollte dies tun. Ich würde gleichwohl eher davon abraten, da ich darin keinen ausreichenden gesundheitlichen Nutzen erkenne. Man denke nur einmal an Wasseradern, die sich ungünstig auf den Schlaf auswirken können.

Schlafraum

Hier verbringen wir etwa ein Drittel unserer Zeit, die zur körperlichen, geistigen als auch seelischen Entspannung und Kräftigung benötigt wird. Um dies zu erreichen, sind bestimmte Voraussetzungen erforderlich: Ein Schlafzimmer sollte immer gut gelüftet sein. Wer dies von der Temperatur her aushalten kann, sollte das Fenster die ganze Nacht offen, zumindest gekippt lassen. Letztendlich ist die Temperatur nur eine Frage des entsprechenden, wärmenden Bettzeugs.

Wenn jemand kälteempfindlich ist, dann sollte die Raumtemperatur mindestens 15° C betragen, andernfalls müssten Sie ein wenig heizen. Bei mehr oder weniger geöffnetem Fenster zu schlafen, ist aus meiner Sicht nur eine Sache der Gewöhnung. Fast jeder kann sich daran anpassen.

Für sehr wichtig halte ich ferner, dass ein Schlafzimmer vor elektromagnetischen Strahlen abgeschirmt wird (Netzfreischaltautomat, Verzicht auf Radio und

Fernseher oder siehe Unterkapitel 1.2.3, Abschnitt Gegenmaßnahmen). Sollte es dennoch irgendwo strahlen, z. B. durch die Nachbarwohnung, können die Wände mit einer geeigneten Schutzfolie beklebt oder mit Grafitfarbe gestrichen werden. Um Strahlen am Fenster fernzuhalten, werden spezielle Stoffe z. B. mit Aluminiumfäden angeboten. Als Fußbodenbelag schlage ich Holzparkett oder selbsthaftende Korkplatten vor. Hierfür sollten Sie nur Materialien verwenden, die gemäß Gütesiegel schadstofffrei sind.

Die Schränke sollten aus massivem Holz bestehen und an den Außentüren keine Spiegel angebracht sein, weil diese im Raum befindliche Strahlen oder Magnetfelder, sofern noch welche vorhanden sind, reflektieren können, so die Aussagen von einigen "Gesundheitsexperten".

Dunkeln Sie das Zimmer gegebenenfalls gut ab, weil es sich so besser schlafen lässt und bringen Sie am Fenster ein Fliegendraht an, um Stechmücken und ähnliche Insekten fernzuhalten. Nun wünsche ich Ihnen alltäglich einen angenehmen und geruhsamen Nachtschlaf!

1.4 Körper- und Wohnungshygiene

Selbstverständlich ist Sauberkeit notwendig, aber keineswegs in übertriebener Weise. Jedenfalls müssen keine Hygieneauflagen wie in Krankenhäusern oder ähnlichen Einrichtungen gelten. In unserem Wohnbereich langt es allemal aus, wenn wir hierfür milde, d. h. für Mensch und Umwelt verträgliche Reinigungsmittel wie Essig oder Zitronensäure verwenden. Auf scharfe

Säuren, Laugen und Desinfektionsmittel können wir in der Regel verzichten. Übertriebene Hygiene schadet eher, als dass sie nützt – meist schon durch die schädlichen Gerüche, die hierdurch eingeatmet werden.

Wer gern ein Haustier in seiner Wohnung halten möchte, sollte dies mit gutem Gewissen tun. Zum Beispiel warten zahlreiche Hunde und Katzen nur darauf, aus einem Tierheim herausgeholt zu werden. Dies sind Tiere, die sich hinterher sehr dankbar verhalten können. Hierunter sollte die Hygiene kaum leiden.

Körperhygiene

Sich gründlich und regelmäßig zu waschen, ist eine Selbstverständlichkeit. Wer jeden Morgen nach dem Aufstehen duscht, eventuell auch nach anstrengender, schmutziger Arbeit, der soll dies auch weiterhin tun. Aber achten Sie darauf, dass ihre Haut bei öfterem Duschen nicht austrocknet. Dann sollte sie jedes Mal eingecremt werden. Auch wer sich alternativ gründlich mit zwei Waschlappen oder -handschuhe wäscht, zumindest die wichtigsten Körperstellen wie das Gesicht, die Achselhöhlen, den Intimbereich sowie die Füße und dafür eine hautschonende Seife benutzt, darf sich genauso als sauber fühlen. Das Duschen ist meines Erachtens hautschonender, spült den Schmutz sowie Seifen- und Shampooreste gründlicher ab und spart sowohl Zeit, Wasser und Energiekosten, als häufig ein Bad zu nehmen. Ein Bad ist jedoch dann sinnvoll, wenn es zur Entspannung beitragen soll, oder aus rein gesundheitlichen Gründen z. B. bei Nervosität oder Stress. Waschen Sie stets Ihre Hände, wenn Sie von draußen nach Hause kommen Türdrücker und Geld angefasst, anderen Menschen die Hand gereicht, auf dem Friedhof gewesen usw.

Auch unsere Haare werden heutzutage stärker strapaziert und zwar durch Autoabgase, trockene Heizungsluft, Färben, Dauerwelle und einiges mehr als man erahnen mag. Daher kann ich mir kaum vorstellen, dass tägliches Haarewaschen notwendig ist, es sei denn, jemand bekommt rasch fettiges Haar. Eine Haarwäsche an jedem zweiten Tag, so finde ich, sollte in der Regel genügen. Wer will, kann nach jeder Wäsche noch ein qualitativ hochwertiges Haarwasser benutzen, um sein Haar als auch die Kopfhaut gesund und schuppenfrei zu halten.

Auch die Zahnpflege spielt eine wichtige Rolle, um Mundgeruch, Zahnbelag und Parodontose zu vermeiden. Deshalb schlage ich vor, die Zähne unmittelbar nach jeder Hauptmahlzeit gründlich und mindestens 3 Minuten lang zu putzen, sowie nach Bedarf zusätzlich mit Zahnseide zu reinigen. Qualitativ gute Zahncremes werden zur Genüge angeboten. Harte Zahnbürsten würde ich nicht empfehlen, weil sie den Zahnschmelz sowie das Zahnfleisch beschädigen können. Weiche oder mittel harte Borsten finde ich besser. Gehen Sie sparsam mit der Zahncreme um. Eine erbsengroße Menge etwa, wie sie bei Kindern empfohlen wird, reicht meist auch bei Erwachsenen aus. Denn zu viel Fluorid, das in Zahncremes enthalten ist, könnte die Bronchien schädigen z. B. Schleimhäute und Atemwege reizen.

Den Gehörgang mit Wattestäbchen zu reinigen, könnte für das Trommelfell gefährlich werden. Entweder Sie lassen das Ohrschmalz oder größere Pfropfen im Gehörgang durch ärztliche Hilfe entfernen oder Sie besorgen sich hierfür spezielle Ohrentropfen in Ihrer Apotheke. Dort erhalten Sie auch die nötige fachliche Beratung.

Wenn jemand regelmäßig stark übel riechende Schweißfüße bekommt, kann hier mit Gewissheit Abhilfe schaffen. Denn wer sich jeden Morgen die Füße wäscht, gegebenenfalls auch öfter, frisch gewaschene Strümpfe, nicht aus reiner Synthetik, sowie bequeme und atmungsaktive Schuhe trägt, der sollte diesbezüglich keine Probleme bekommen. Ein Qualitätsschuh riecht auch weniger. Wenn jemand mit Gummistiefeln arbeiten muss, sollte sich hiernach ein zweites Mal die Füße waschen und frische Strümpfe anziehen.

Wechseln Sie aus Hygienegründen auch die Unterwäsche öfter, anstatt etwa aus Bequemlichkeit ein Deospray zu benutzen. Und nicht jeder Allergiker verträgt extra feuchtes Toilettenpapier. In diesem Falle rate ich, auf normales Toilettenpapier auszuweichen und dies mit klarem Wasser anzufeuchten.

Handtücher und Waschlappen, die täglich benutzt werden, sollten etwa zwei- bis dreimal wöchentlich ausgetauscht werden.

Pflegen Sie auch Ihre Finger- und Zehennagel gut. Normalerweise sollte dies kein Problem sein. Es sei denn, jemand ist körperbehindert oder eben sehr faul. Bei Männern können die Nagel kurz geschnitten und von Schmutz befreit sowie bei Frauen etwas länger und ebenfalls gereinigt sein – fertig. Wer sich gesund und ausgewogen ernährt, bekommt in der Regel keine spröden Nagel. Sie sind vielmehr elastischer, sehen schön durchblutet und natürlicher aus als bei sehr langen, farbigen Kunstnageln. Ansichtssache!

Wohnungshygiene

Da sich in unseren Regionen ein Großteil der Menschen, hauptsächlich ältere Personen sowie immer mehr Jugendliche, „dank" Computer und Fernsehen, überwiegend in Wohnräumen aufhält, schätzungsweise mehr als 80 % ihrer Zeit, kommt der Hygiene ein wesentlicher Stellenwert zu. Laut Grundgesetz, konnte ich mal in einem Wohnstreitbericht lesen, darf jeder seine Wohnung so einrichten und gestalten, wie er mag, sofern niemand in unmittelbarer Nähe hierdurch gestört oder belästigt wird. Demzufolge verbleibt für jeden genügend Spielraum, um sich schön und behaglich einzurichten. Ein wesentlicher Punkt, den ich gleich zu Beginn nennen möchte, ist, ein gesundes, behagliches Raumklima in seinen Wohnräumen zu schaffen. Dazu gehören ein tägliches Lüften, sowie Heizen (ab etwa 18° C), zwei wesentliche Voraussetzungen, um Schimmelbildung zu vermeiden. Zumal Schimmel, was allgemein bekannt sein sollte, verschiedene Krankheiten verursachen kann, insbesondere im Bronchialbereich z. B. Asthma. Sind Räume zu feucht oder zu warm, können sich in diesem idealen Klima nicht nur Bakterien und Viren hervorragend entwickeln, sondern auch die schädlichen Hausstaubmilben. Lüften und heizen Sie folglich immer gemäß den entsprechenden Gegebenheiten. Zur kalten Jahreszeit ist 15-minütiges Stoßlüften sinnvoller als längeres Dauerlüften. Lassen Sie hierbei die Wände nicht zu sehr auskühlen. Nachts sollte der Thermostatkopf mindestens auf Frostschutz eingestellt sein.

Wände und Decken nur mit Dispersionsfarben streichen, die keine Lösungsmittel enthalten. Für Türen und Fenster gibt es ebenfalls Farben, die sich mit Wasser verdünnen lassen und lösungsmittelfrei sind. Heizkörper sollten nur mit hitzebeständigen Farben gestrichen werden. Auch sie lassen sich mit Wasser verdünnen und sind ohne Lösungsmittel erhältlich.

Wer Möbel aus Massivholz besitzt, sollte dies zu schätzen wissen. Es gibt sie schon aus Fichte und Kiefer, dessen Holz preiswerter als Buche, Eiche oder Edelhölzer ist.

Wie schon bei den Bettgestellen erläutert, gilt dies genauso bei sämtlichen Holzmöbeln: Die Bretter sollten nicht mittels Latten und Kleber zusammengepresst sein. Als ich einen Hersteller solcher Möbel fragte, ob der Kleber hierfür lösungsmittelfrei sei, hat er mit "nein" geantwortet. Die Giftigkeit für Menschen wäre aber äußerst gering und könne ohne Sorge betrachtet werden. Genau so darf kein Anstrich Lösungsmittel enthalten.

Naturbelassenes Holz sieht nicht nur schöner aus, finde ich, sondern lässt sich auch durch spezielles Bienenwachs, vom Fachhandel bzw. Baumärkten, hervorragend konservieren. Gesundheitlich ist dies vollkommen unbedenklich. Ich habe selbst schon einmal von einem dunkelbraunen Schrank die Farbe abgebeizt, was nur im Freien und möglichst bei windigem Wetter geschehen sollte, weil das Einatmen der Beize sehr giftig ist, diesen anschließend mit schadstofffreier

Lasur in einem Haselnusston gestrichen und nach dem Trocknen gründlich mit Bienenwachs eingerieben. Nach mehr als zwanzig Jahren schaut dieser Schrank immer noch fast wie neu aus.

Alle anderen Einrichtungsgegenstände, einschließlich der Polstergarnitur, sollten ebenfalls gesundheitlichen Grundprinzipien entsprechen. Ob eine Couchgarnitur, aus echtem Leder oder Stoffbezügen aus Mikrofasern besteht, ist eigentlich egal. Beide haben Vor- und Nachteile. Hauptsache, diese Möbel enthalten keine oder nur geringe Schadstoffmengen und riechen nicht dauerhaft unangenehm. Gleichzeitig sollten sie bequem und pflegeleicht sein. Hier empfehle ich, sich einen fachlich unabhängigen Rat einzuholen. Legen Sie hierbei besonderen Wert auf gesundheitliche Aspekte.

Über zweckmäßige und gesunde Fußbodenbeläge lässt sich streiten – hierbei die richtige Wahl zu treffen, dürfte aufgrund der Vielfalt recht schwierig sein. Echtes Holzparkett, ohne jegliche Schadstoffe, steht wohl an erster Stelle. Auch ein echter Korkbelag, der keine Giftstoffe enthält, ist empfehlenswert. Leider sind beide Materialien ziemlich teuer. Folglich hilft auch hier eine fachliche Beratung. Denn sicherlich gibt es noch alternative Bodenbeläge, die gesundheitlich unbedenklich oder schadstoffarm sind, eventuell noch verschiedene Gesundheitssigel besitzen.

Ein Fußboden, der glatt ist, lässt sich allerdings leichter sauber und hygienisch halten als manche Teppichböden. Hier ist jedoch Vorsicht geboten: Denn ein Laminatfußboden kann recht glatt sein, nicht nur für Menschen, sondern auch für Hunde. Älteren und gehbehinderten Personen rate ich hiervon ab. Schließlich können Sie noch unter anderen Fußbodenbelägen auswählen, die Ihren Ansprüchen gerecht werden. Teppichböden oder alternative Beläge sollten unbedingt mit lösungsmittelfreiem Klebstoff befestigt werden. Sie sind auch mit Nocken erhältlich, wenn der Untergrund glatt ist. Hauptsache, dass die Bodenbeläge keine oder nur geringe Mengen toxische Stoffe enthalten.

Wer Teppichböden besitzt, sollte sie regelmäßig, mindestens einmal im Monat mit einem Dampfreiniger behandeln. Dadurch werden sämtlich Bakterien, Viren und Hausstaubmilben gründlich abgetötet. Wenn der Bodenbelag wieder getrocknet ist, saugen Sie ihn einfach mit dem Staubsauger ab. Dann können Ihre Kinder wieder unbesorgt auf dem Fußboden spielen.

Noch kurz zu Fußbodenheizungen: Obwohl diese Art zu Heizen zwar allgemein als angenehm empfunden wird, können sie auch negative Wirkung entfalten, denn Wärme steigt bekanntlich nach oben. Kommt es noch zum leichten Durchzug, können vorhandene Staubpartikel bzw. schädliche Mikroorganismen , die sich eventuell auf dem Boden befinden, mit der Warmluft ungehindert aufsteigen und können somit von Mensch und Tier eingeatmet werden.

Was die Hygiene anbelangt, stehen die Küche und das Bad im Mittelpunkt. Es sind primär die Räumlichkeiten, wo sich Bakterien und Viren besonders ausbreiten können. Beide Räume sollten deshalb je nach Erfordernis oft und gründlich gereinigt werden, im Bad vordringlich die Toilettenschüssel, sowie -sitz, das

Waschbecken und die Wasserhähne. Nach dem Duschen bzw. Baden sollten die Duschkabine bzw. die Wanne und die umliegenden Fliesen mit einem Lappen trocken gerieben werden. Verwenden Sie nur milde und umweltfreundliche Reinigungsmittel z. B. Essig oder Zitronensäure oder holen Sie sich Rat in Ihrer Drogerie, anstelle starker Säuren, Laugen und Desinfektionsmittel. In der Regel geht es auch ohne solche umweltschädigenden Mittel.

Wenn Sie Essgeschirr in der Küche abstellen, räumen Sie die Speisereste sofort weg und zwar in einen Mülleimer mit Deckel – aufgrund von Fliegen, sowie schlechten Gerüchen, bitte niemals offen lagern – und spülen Sie das Geschirr grob ab, bevor sie es bitte nicht zu lange stehen lassen. Jedes Geschirrteil sollte nach dem Reinigen mit klarem Wasser abgespült werden, um anhaftende, ungesunde Spülmittelreste zu beseitigen. Einen Insektenschutz am Küchenfenster halte ich ebenfalls für angebracht.

1.5 Rolfing

Rolfing ist eine Tiefenmassage, die recht schmerzhaft sein kann, insbesondere bei Rückenproblemen und körperlichen Fehlhaltungen. Ich möchte sie aufgrund geringer Resonanz nur am Rande erwähnen; sie ist dann besonders empfehlenswert, wenn jede andere Behandlungsmethode gegen Strukturveränderungen am Körper im Vorfeld erfolglos verlief. Erfinderin dieser Therapie in den 50er-Jahren war die US-amerikanische Biochemikerin Ida Rolf. Sie vertrat die Ansicht, dass, wenn Körperstrukturen aus dem Lot bzw. Gleichgewicht geraten, sich entsprechende Körperteile diesen Veränderungen anpassen. Die Symptome können dann z. B. zu Rückenschmerzen, Bandscheibenschäden, Muskelverspannungen, Fehlhaltungsschäden, auch nach Unfällen, akuten Schlaganfällen und chronischen Kopfschmerzen führen. Um solche Körperschäden abzubauen und zu ihrem gesunden Ursprung zurückzuführen, erfand sie verschiedene therapeutische Massageübungen, die hierbei oft hilfreich sein können.

Der Rolfer, so nennt sich ein solcher Therapeut, versucht zunächst, die Körperstellen zu lokalisieren, wo sich Verspannungen und Verkürzungen im Bindegewebe befinden. Mit Fingern, Knöcheln und Ellenbogen bewirkt er dann, Blockaden und Verhärtungen von Körperstrukturen zu lockern und zu beseitigen. Das Bindegewebe erhält dadurch seine ursprüngliche Struktur zurück. Entsprechende Sitzungen können sich über einen Zeitraum von zwei bis drei Monaten erstrecken. Eine Sitzung dauert ungefähr eine Stunde. Allerdings übernehmen die gesetzlichen Krankenkassen hierfür keine Kosten. Fragen Sie dennoch bei Ihrer Krankenkasse nach.

Leider fehlt bis heute ein wissenschaftlicher Nachweis, der sowohl die Erfolge als auch die positiven Wirkungen von Rolfing bestätigen könnte. Es soll lediglich einige Studien geben, die das belegen würden.

1.6 Stress

Stressempfinden ist eine natürliche, körperliche Schutzreaktion, um vor gesundheitlichen Schäden zu warnen. Der Umgang damit ist von Mensch zu Mensch verschieden. Niemand kann gänzlich verhindern, hiervon verschont zu bleiben. Allein die Entwicklung am Arbeitsplatz, wo nicht nur die Maschinen, sondern immer mehr die Arbeiter und Angestellten im Vordergrund stehen, lässt für die Zukunft nichts Gutes erahnen. Hektik, Überforderung und Personalabbau werden vielerorts kontinuierlich zunehmen.

Wer nun befähigt ist, sich vor all diesen körperlich, geistigen Erwartungen sinnvoll zu schützen, besitzt gute Aussichten, den zunehmenden Druck nicht nur gefahrlos zu ertragen, sondern größtenteils von sich fernzuhalten.

Ursachen und daraus resultierende Gesundheitsschäden

Besondere Stressfaktoren sind: Ständig steigender Belastungsdruck an der Arbeit oder im Privat- und Familienleben, Überanstrengungen psychischer Art, leidvolle Schicksalsereignisse z. B. Verlust des Arbeitsplatzes oder eines lieben Menschen, Hektik im Straßenverkehr, ständige Lärmbelästigungen, Einflüsse elektromagnetischer Strahlen, Fernseh-, Computer-, Internet- und Handysucht, zu wenig Schlaf, Angst, Kummer und Sorgen, Mobbing, Macht- und Profitgier, Erfolgszwang, Misserfolge, Krankheiten, bestimmten Situationen nicht mehr gewachsen zu sein, Geldsorgen, Militäreinsätze, Naturkatastrophen und einiges mehr.

Die gesundheitlichen Folgen bei Dauerstress können beträchtlich sein: Akute Herzprobleme, Nervosität, Konzentrationsstörungen, Muskelverspannungen, Schlafstörungen, heftige Kopfschmerzen, Probleme des Verdauungsapparates, allgemeiner Ausdruck von Anspannung, erhöhter Blutdruck, Sehstörungen, Schwächung des Immunsystems und gewiss eine Menge mehr.

Stress bewältigen

Das ist leichter gesagt als getan. Generell gilt: Je länger das Stressempfinden andauert, desto mehr Zeitaufwand wird man benötigen, um sich vollständig zu entspannen. Möglichkeiten, um Stress zu verringern oder zu vermeiden, gibt es zur Genüge. Hierzu möchte ich nachfolgend einige Anregungen vermitteln, die helfen können:

- Stress entsteht meist im Kopf, darum hilft es, gelassener und gleichgültiger gegenüber irgendwelchen Unannehmlichkeiten zu reagieren
- optimistisch sein bzw. positiv denken, das Gute erkennen und weiterentwickeln
- sich nicht über alles aufregen, hineinsteigern oder ärgern
- lernen, sich zu entspannen, insbesondere durch aus reichend Schlaf, spazieren gehen in Wald und Flur, sich von Alltagssorgen ablenken, abschalten und sich bequem ausruhen
- Konflikte und Probleme rasch angehen und lösen, je ehr um so besser, bevor es zu ernsten Folgen kommen könnte

- Entspannung durch Sport, siehe Qigong, Yoga, Feldenkrais, Franklin-Methode, Tai-Chi, Pilates (3.1.1), Laufen, Schwimmen (3.1.2)
- froh und lustig sein, dies zumindest versuchen
- sich bei vertrauten Personen wie Angehörige, Verwandte und Freunde einmal richtig auszusprechen, kann befreiend sein
- gönnen Sie sich einen längeren Urlaub ohne Auto, am besten mit Wellness-Anwendungen, die zur Entspannung dienen, natürliche, wer es sich finanziell leisten kann
- eine mehrtägige Rad- oder Trekkingtour kann eine ähnlich positive Wirkung entfalten
- ein Entspannungsbad nehmen
- negative Empfindungen auch einmal kurzzeitig ak - zeptieren, aber nicht hinnehmen und sich keineswegs daran gewöhnen, sondern sich durch Ablehnung hiervon distanzieren
- für einen geordneten und geregelten Tagesablauf sorgen
- verzichten Sie auf Beruhigungsmittel, ich persönlich bräuchte keine Mittelchen aus der Aphoteke, da sie nur selten das Übel beseitigen, quasi nur eine momentane Besserung erreichen können, ohne Ursachenbekämpfung, dann dauert es nicht lange und die Beschwerden treten erneut auf, da empfehle ich Ihnen lieber, zumal ich genügend Erfahrung besitze, auch während einer jahrelangen akuten Erkrankung meiner verstorbenen Ehefrau, was ihr in all den vielen Jahren stets spürbare Linderung bescherte

z. B. japanisches Heilpflanzenöl, 2 bis 3 Tropfen auf ein Stück Würfelzucker einnehmen oder in ein halbes Glas Mineralwasser geben und trinken, dies hilft mir schon seit vielen Jahren
- Haustiere, besonders Hunde, vorzugsweise aus dem Tierheim, können gesundheitsfördernd sein
- falls nichts Anderes hilft, dann psychologischen Rat einholen, um therapeutische Lösungen zu finden.
Wir können also im Wesentlichen selbst dazu beitra- gen, wie lange und schlimm wir gestresst sind. Wer sich rasch von Stress erholen kann, erkrankt auch seltener an dessen Folgen.

1.7 Rausch- und Suchtmittel

Wer sich mit diesem Themenbereich befasst, erkennt rasch, wie verwirrend Ausdrücke wie Koks oder Komasaufen sein können. Betrachten wir zunächst das Wort Droge, das in erster Linie einen chemischen Stoff bezeichnet, dessen Wirkung auf das Zentralnervensystem einen Rauschzustand auslösen kann. Unter die harten Drogen fallen nach meiner Ansicht z. B. Kokain, Heroin u. a.

Da aber diese Drogen genauso als Rauschgifte, Rausch- oder Suchtmittel bezeichnet werden, sehe ich keine Eindeutigkeit in Bezug auf ihre Gefährlichkeit. Bezüglich Morphium sieht es ähnlich aus. In der Medizin wird es als Schmerz- bzw. Beruhigungsmittel eingesetzt und in den falschen Händen möglicherweise als Suchtmittel oder als Droge. Es folgt ein zweites Beispiel: Heroin kann süchtig machen, Alkohol, Tabak sowie bestimmte Schmerzmittel ebenso (aktuellste Berichte aus den USA). Also sind alle Mittelchen Drogen.

Um mich nicht durch diese Irritation (Drogen, Koks) leiten zu lassen, bleibe ich bei den Bezeichnungen Rausch- und Suchtmittel. Ob diese Stoffe süchtig machen können, ist sicherlich von der Dauer und der Menge des Konsumierens abhängig, vermute ich mal.

Mich stört es nicht so sehr, wenn Menschen über 18 Jahren zu Suchtmitteln greifen. Sie sollten eigentlich wissen, welchen Schaden sie gesundheitlich hiermit anrichten können. Bei Kindern und Jugendlichen sieht das wesentlich anders aus, hier liegt die alleinige Verantwortung aus meiner Sicht bei den Eltern und den Erziehern der schulischen Einrichtungen, quasi bei den Lehrern. Diese wiederum erhalten ihre Leitlinien von den Ministerien. Kinder und Jugendliche können sich nicht selbst erziehen, dafür sind das Elternhaus, die Schulen und der anderweitige Umgang zuständig.

Kinder, die glücklich und zufrieden aufwachsen, greifen wohl kaum zu solchen Mitteln. Darüber ließe sich vortrefflich diskutieren.

Wenn Kinder und Jugendliche zu Suchtmitteln greifen, dann liegt es meistens an fehlender Elternliebe, Erziehung und Aufklärung. Hier sehe ich zunächst ein großes Defizit bei den Verantwortlichen. Ferner würden viele jungen Leute, so sehe ich das, auf

Rauschmittel gern verzichten, wenn sie eine erfüllende gesellschaftliche Aufgabe bzw. eine hoffnungsvolle und gesicherte Zukunft besäßen. Das wäre wiederum die Aufgabe von Politik und Wirtschaft, aber auch der Eltern und Schulen.

Nun möchte ich erneut auf konkrete Rauschmittel eingehen, nicht auf deren „Vorzüge", sondern ausschließlich deren Nachteile:

- Heroin, Kokain, Haschisch/Cannabis, Ecstasy, LSD u. a. können krank und süchtig machen. Verzichten Sie vollkommen auf solche Gifte! Auch wenn gegenwärtig darüber diskutiert wird, ob Haschisch/Cannabis frei käuflich, beziehungsweise auf Krankenschein erhältlich sein soll. Meines Erachtens vollkommend undiskutabel! Massive Prävention wäre entscheidend sinnvoller. Aber damit lässt sich natürlich kein Geld verdienen.

- *Alkohol* kommt in vielen Getränken vor, in einem bestimmten Rum sogar bis 80 Vol.-%. Da er hin und wieder fast nur dem Grog oder Jagertee zugeführt wird sowie einigen Backwaren, trinkt ihn kaum jemand pur. Eine größere Gefahr geht meines Erachtens von den üblichen Spirituosen, Weinen und Bieren aus. Aber nur, wenn diese Getränke täglich und in größeren Mengen, mehr als ein Glas Schnaps, Wein oder Bier, verkonsumiert werden. Wer sich nur gelegentlich, nicht täglich, ein Bier, ein Glas Wein oder einen Verdauungsschnaps gönnt, hat kaum etwas zu befürchten. Alkohol kann die Reaktionsfähigkeit mindern, ermüden oder aggressiv machen. Fahren Sie daher stets nur mit null Promille mit dem Auto. Täglich größere Mengen Alkoholgenuss kann nicht nur süchtig machen, sondern auch die Leber und viele Gehirnzellen zerstören. Letzteres trifft besonders stark bei Kindern zu.

- Sehr große Sorge bereitet mir die neuzeitliche Jugendsünde, das sogenannte *Komasaufen*. Hoffentlich wird dieses Übel bald rückläufig sein und durch gezielte Maßnahmen, wie Aufklärung im Elternhaus, Schule, durch Medien und Politik unterbunden.

- *Tabak* – Raucher sind mehr oder minder süchtig. Nur wer willensstark genug ist und Wert auf seine Gesundheit, sowohl die seiner Familie als auch seiner Mitmenschen legt, kann sich allein von diesem Laster befreien. Andernfalls besteht die „Chance", irgendwann einem Schlaganfall, Lungenkrebs, akuten Arterienproblemen oder einer Beinamputation (Raucherbein) entgegenzusehen. Außerdem können durch starkes Rauchen aufgrund von Nikotin und anderen Schadstoffen aller Wahrscheinlichkeit zehn oder mehr Lebensjahre verschenkt werden. Hiervon können auch Passivraucher mehr oder minder betroffen sein. Schade finde ich es, wenn besonders (junge) hübsche Frauen rauchen, viel rascher Gesichtsfalten bekommen und somit wesentlich an Attraktivität verlieren.

- *Schnüffelstoffe* wie lösungsmittelhaltige Klebstoffe, Farben, Benzine u. a. können die Gesundheit akut schädigen, z. B. Bronchien, Lunge, Nerven und Gehirnzellen.

- *Spielsucht* durch Roulette, Spielautomaten u. a. kann ebenfalls krank machen und meist große Sorgen bereiten.

- Daneben gibt es viele weitere *Süchte*, z. B. Esssucht (Fresssucht), Magersucht, Arbeitssucht, Sucht durch iPhones/Handys, Internet/Fernsehen und Medikamentensucht.

Mein Rat: Verzichten Sie gänzlich auf Rauchen und Rauschgifte. Schränken Sie Suchtmittel und -gewohnheiten so entscheidend ein, dass Ihre Gesundheit hierdurch nicht gefährdet wird.

1.8 Medikamentenmissbrauch

Dies ist eine weit verbreitete Erscheinungsform, die als Gewinn bringender Wirtschaftsfaktor wohl kaum zu stoppen sein wird. Mittlerweile soll es laut einigen Internetberichten mehr als eine Million Menschen in Deutschland geben, die als medikamentensüchtig gelten. Die Missbrauchsquote liegt aber schätzungsweise um ein Vielfaches höher.

Von verschiedenen Seiten, z. B. dem Gesundheitsministerium und den Krankenkassen, werden zwar hin und wieder Gegenmaßnahmen diskutiert, aber es zeichnet sich kaum eine positive Wende ab. Der Trend nach immer mehr Pharmamittel nimmt stetig zu. Daran wird sich in absehbarere Zeit aufgrund meiner Erfahrung kaum etwas ändern.

In der Regel sind es meist ältere Menschen, besonders Frauen, denen von der Medizin, Apotheken und Werbung fleißig einsuggeriert wird, dass sie sich, je mehr Mittelchen sie einnehmen, umso wohler fühlen werden. Würde dieser Personenkreis stattdessen an die vielen Nebenwirkungen erinnert, die auftreten können, bisweilen sogar Organe schädigen oder zerstören, dann wären sie sicherlich vorsichtiger.

Natürlich benötigen viele Patienten Medikamente, das ist vollkommen unstrittig. Aber vielleicht sollten nicht gleich so viele bei zu hoher Dosierung auf zu lange Dauer verordnet werden. Weniger und kürzer wäre oft sinnvoller und meist auch ausreichend.

Verschreiben Ärzte ihren Patienten keine Medikamente, oder nach Auffassung Letzterer zu wenige oder nicht die gewünschten, dann werden diese eben selbst beschafft, bisweilen auch illegal über das Internet. Ausgenommen seien hierbei einige deutsche Apotheken, die zusätzlich einen Internetversand betreiben. Bei denen sollte eigentlich alles zuverlässig und gesichert ablaufen.

Nach meiner langjährigen Erfahrung, scheinen Schlaf-, Beruhigungs- und Schmerzmittel bei vielen Menschen besonders begehrt zu sein – gerade solche Mittel, die schon nach kurzer Zeit süchtig machen können.

Etwa 5 % aller Medikamente, so haben Medizinexperten und -kritiker herausgefunden (im Internet zu lesen), besäßen ein Suchtpotenzial. Wenn möglich, verzichten Sie auf Medikamente mit starken Nebenwirkungen. Ich persönlich fuhle mich in der ganzheitlichen Medizin, also, durch Homöopathie, Schulmedizin und Naturheilkunde hervorragend versorgt.

Von Medikamentenmissbrauch bleibt auch der Hochleistungs-, Breiten- und Freizeitsport nicht verschont. Man betrachte nur die zahlreichen Dopingfälle, die immer wieder im Spitzensport bekannt werden. Da im Breiten- und Freizeitsport in der Regel keine Dopingkontrollen durchgeführt werden, sondern nur bei Meisterschaften, an denen u. a. Volksläufer teilnehmen können, wird es stets genügend Sportler geben, die leistungssteigernde Mittel einnehmen. Mein Rat als Ausdauersportler: Bleiben Sie stets sportlich fair und korrekt!

Nun zu Kapitel 2, eines meiner Spezialthemen, das wesentlich zur Gesundheit beitragen kann.

2. Ernährungslehre

Ein Themenbereich, der nicht unterschiedlicher Auffassungen sein kann. Ob im Fernsehen oder in der Literatur,

es werden meist nur gesunde und leckere Erzeugnisse angepriesen. Oder, was lecker schmeckt, ist auch gesund. Dem werde ich mich keineswegs anschließen!

Stattdessen beschränke ich mich auf zwei wesentliche Ernährungsformen:

-einer vollwertigen, ausgewogenen Ernährung und

-einer vegetarischen, veganischen Ernährungsweise.

Wobei unter *vollwertiger Lebensmittels* zu verstehen ist: wenig Fleisch/Wurst/Fisch/Milchprodukte, kein bzw. nur äußerst geringe Mengen Fabrikzucker, ebenso Auszugsmehle, erhitzte Fette, Fertiggerichte/Fast Food, alkoholische Getränke u.a., dafür aber überwiegend Vollkornprodukte und pflanzliche Lebensmittel.

Vegetarier -möglichst kein Fleisch von getöteten Tieren, falls ja, nur rohes Fleisch/Fisch, aber pflanzliche Erzeugnisse und manchmal auch Milchprodukte, Eier, Honig u.a.

Veganer -Verzicht auf sämtliche Nahrungsmittel tierischen Ursprungs, einschließlich Milchprodukte, Eier, Honig u.a., dafür nur pflanzliche Lebensmittel.

Ausführliche Erkenntnisse und Empfehlungen, siehe nachfolgende Themenbereiche!

2.1 Gesunde und ungesunde Ernährung

Sind Sie bereit, Ihre Essgewohnheiten gesundheitsorientiert zu reflektieren und zu ändern? Darin liegt der Schlüssel zum Erfolg!

Wenn Sie schon jetzt viel Obst, Gemüse sowie wenig Fleisch und Wursterzeugnisse essen, ist dies bereits ein guter Ansatz. Auf dem weiteren Weg möchte ich Ihnen mit vielen Ideen und Anregungen helfen. Alles was ich Ihnen nachfolgend empfehle, beruht auf inzwischen mehr als dreißigjähriger Erfahrung, die ich mir aus der jeweils aktuellen Ernährungslehre z. B. von Dr. med. M. O. Bruker und zahlreichen anderen Ernährungsexperten angeeignet und persönlich ausprobiert habe – und zwar sehr erfolgreich.

Gehen wir das Projekt Ernährung gemeinsam an. Etwas später werde ich Ihnen Anregungen und Vorschläge für eine gesunde Ernährungsweise anbieten, die für jedermann gelten, ob jung oder alt, ob gesund oder krank. Alle können hiervon profitieren. Auch brauchen Sie fortan keine zwei Mittagessen zu kochen, weil eine Zubereitung für alle genügen sollte. Ebenso wenig werde ich aus Ihnen einen Vegetarier oder gar Veganer machen. Obwohl der vegetarische Nahrungsanteil stets klar überwiegen sollte – das klingt doch schon annehmbar, oder?

Wenn Sie mindestens einen Teil meiner Empfehlungen befolgen, verspreche ich Ihnen, dass Sie sich gesundheitlich spürbar wohler fühlen werden. Ausgenommen sind Personen, die von der Ernährung her strengen ärztlichen Auflagen (z. B. einer Diät) unterliegen. Es sei denn, Sie holen sich noch eine zweite ärztliche, neutrale Meinung ein, wonach Sie auf eine Diät verzichten dürfen. Wichtig ist ferner, dass Sie keineswegs vorzeitig aufgeben, sondern immerfort gewillt sind, Ihrer Gesundheit zu nützen.

Am Anfang wird Ihnen manches womöglich nicht oder weniger gut schmecken, weil es ungewohnt ist. Aber, glauben Sie mir, nach einer bestimmten Gewöhnungszeit werden Sie anderer Meinung sein. Dann wird Ihnen die neue Kost viel besser munden als zu Beginn. Endlich wird Ihr Gaumen Aromen genießen, wie sie unsere Natur geschaffen hat, z. B. das der rohen Möhre, der frischen Rohmilch direkt vom Bauernhof oder des ganzen Getreidekorns, das nur geschrotet wurde. Es wird Ihnen nicht nur herzhafter schmecken, es bekommt Ihnen auch besser. Und was uns gut bekommt, stabilisiert auch unserer Gesundheit.

Bevor ich zur gesunden Ernährungslehre übergehe, möchte ich etwas sehr Relevantes klarstellen: Wir hören im Alltag oft die Wörter Lebensmittel und Nahrungsmittel. Bedeuten beide Begriffe etwa das Gleiche? Nach Dr. Bruker und anderen Ernährungsexperten, nein, dort werden beide Bezeichnungen ganz klar voneinander getrennt. Diesen Unterschied sollten Sie sich gut merken. Denn dann sind Sie in der Lage, gesunde und ungesunde Nahrung eindeutig auseinanderzuhalten.

Nahrungsmittel

Sind Erzeugnisse, die fabrikmäßig behandelt werden. Der Grund hierfür ist, dass sie durch Erhitzen, Konservieren sowie chemische und mechanische Behandlungsweisen eine längere Haltbarkeit erhalten, farblich und geschmacklich verändert sowie zu vielfältigen Nebenprodukten umgewandelt werden: pasteurisierte und homogenisierte Milch als auch deren Begleitprodukte Käse, Quark, Joghurt, Butter, Sahne u. a., Margarine, tote Öle (ohne Kaltpressung), Auszugsmehle, aus denen Brot, Kuchen, Nudeln u. a. erzeugt werden, Fleisch und sämtliche Wurstwaren, Fisch und Konserven jeglicher Art, einschließlich sämtliche in Folien/Kunststoffen verpackte "Frischwaren". Das ist nur ein Teil der Nahrungsmittel, die wir in Geschäften und Supermärkten kaufen können.

Durch die unterschiedlichsten Haltbarkeitsmethoden, denen Nahrungsmittel unterliegen, gehen viele lebenswichtige Vitamine sowie Geschmacks- und Aromastoffe verloren. Damit durch solche Behandlungsweisen wertlos gemachte bzw. weniger wertvolle Nahrungsmittel schmecken, werden ihnen außerdem noch chemische Ersatzstoffe z.B: Glutamat, Farbstoffe E100, E102, E153, Carragen E407, E1404, Gallate E310 bis E312, E315, Konservierungsstoffe E210 bis E283 u. a. beigefügt, was mit einer gesunden Ernährung nichts mehr zu tun hat, weil solche Zusatzstoffe Allergien und andere Beschwerden hervorrufen können.

Lebensmittel

Sie sind naturbelassen: so das ganze Getreide- und Reiskorn (Vollkorn), rohes Gemüse, Blattsalate, Obst,

Nüsse, lebendige Öle aus Kaltpressung, die aus frisch gemolkener Milch direkt vom Bauerhof durch Schleudern gewonnene Fassbutter, ebenso der abgeschöpfte Rahm wie frische, unbehandelte Sahne und einiges mehr.

Sie vermissen Fleisch und Fisch? Wenn Sie beides roh verzehren würden, wären es Lebensmittel. Da Sie aber beides braten, kochen, räuchern, einsalzen (pökeln) oder versäuern, werden sie zu Nahrungsmitteln.

Es gibt auch Nahrungsmittel, die Lebensmitteln ähnlich sind wie tiefgefrorenes Gemüse, Obst u. a. Durch Kühlung können allerdings Vitamine und Nährstoffe zerstört oder verringert werden.

Zu den Teil-Lebensmitteln zähle ich sowohl reine Vollkornprodukte als auch Vollwertspeisen wie Backwaren, Getreideaufläufe u. a., die mittels Hitze erzeugt werden. In Kapitel 2.2 gehe ich auf die einzelnen Speisen, die Sie bevorzugen sollten, näher ein. Damit Sie ein besseres Verständnis vermittelt bekommen, werde ich nur hier und da auf wissenschaftliche Erklärungen zurückgreifen.

Fabrikzucker und alternative Süßungsmittel

Ersterer ist ein Zucker, der fabrikmäßig aus Zuckerrohr oder Zuckerrübe gewonnen wird, einschließlich des sogenannten braunen Rohrzuckers. Diese Zuckerarten enthalten nichts, was Sie für ein gesundes Wohlbefinden benötigen würden, solcher Zucker schadet Ihnen nur. Glauben Sie nicht das Märchen, Zucker würde Ihre Nerven stärken. Das ist eindeutig eine Erfindung der Zuckerlobby, um deren Umsätze zu steigern. Zahlreiche unabhängige in- und ausländische Ernährungswissenschaftler können diese Behauptung klar widerlegen. Nach dem Zuckerverzehr steigt zwar die Konzentrationskurve einen kurzen Moment steil an, fällt aber genauso rasch wieder ab – bis hin zur Unterzuckerung. Letzteres führt dazu, dass Sie nun Heißhunger auf Süßigkeiten verspüren. Dies ist ein Kreislauf ohne Ende, sehr zum Schaden Ihrer Gesundheit. Es sei denn, Ihr Verstand und Wille sind stärker und Sie beenden diesen Irrlauf.

Damit Zucker im Körper verdaut und verarbeitet werden kann, benötigt er Enzyme (Katalysatoren), die unser Organismus auch aus den Vitaminen des B-Komplexes selbst erzeugt. Einige dieser Enzymarten, die unser Körper als Reserven angelegt hat, raubt nun der Zucker. Enzyme sind aber sehr relevante Bausteine unseres menschlichen Organismus: Die einen gelangen über die Drüsen in unseren Verdauungsapparat, um Lebens- und Nahrungsmittel in ihre Bestandteile aufzuschließen, andere gelangen direkt in die Blutbahn, um einer etwaigen Blutgerinnung entgegenzuwirken, und schließlich gibt es solche, die den Stoffwechsel in unseren Körperzellen ermöglichen. Warum sollten wir uns durch Fabrikzucker diese lebenswichtigen Enzyme berauben lassen?

Zucker und alle hieraus erzeugten Süßwaren wie Pralinen, Bonbons, Schokolade u. a. schaden uns nur. Süßigkeiten sind zwar „Gaumenfreuden" und für viele Menschen leider sehr verlockend sowie „lecker", bleiben aber grundsätzlich ungesund. Zahn- und Gebisskrankheiten als auch Blutgefäßschäden sind oft die Folge. Entsprechende Gefäßschädigungen sollten sehr ernst genommen werden, weil hieraus zahlreiche Folgekrankheiten entstehen können: Thrombosen, Schlaganfälle, Infarkte usw. Verzichten Sie im Idealfall gänzlich auf Fabrikzucker. Hierzu zählen auch Trauben-, Kandis- Puderzucker, Glukosesirup, die alle noch ungesünder sind sowie sämtliche Produkte, die mit entsprechendem Zucker gesüßt werden. Heutzutage wird in immer mehr Nahrungsmitteln Zucker und Glukose beigemengt. Auch in solchen Produkten, wo er an und für sich nie erwartet wird wie zum Beispiel: in sauren Gurken, in Ketchups und vielem mehr. Auch so lässt sich der Umsatz steigern, denn Zucker kann ja bekanntlich süchtig machen. Raffinierter Zucker enthält kaum noch Mineralstoffe.

Seit mehr als dreißig Jahre meide ich sehr viele Süßwaren, die mit Fabrikzucker erzeugt werden. Nur selten esse ich ein paar gezuckerte Plätzchen, ein Stück Torte oder Kuchen. Ich vermisse die vielen Zuckerprodukte sowie gesüßten Speisen in keiner Weise und fühle mich hierbei sehr wohl. Meine Kaltspeisen süße ich mit kalt geschleudertem bzw. naturbelassenem Bienenhonig, die Warmspeisen nur mittels normalem Honig, aber sehr wenig davon und mit süßen Früchten oder Beeren. Das reicht mir vollkommen aus, anstatt teure Fruchtsirups zu verwenden.

Vollkorn- und Auszugsmehle

Vor mehr als einhundert Jahren, als sich die Menschen noch gesünder ernährten, wurde von jeder Getreideart nur das ganze Korn gemahlen und sofort zu Brot oder anderen Teigwaren weiterverarbeitet. Warum sofort? Weil geschrotetes Korn nur begrenzt haltbar ist und rasch ranzig wird.

Irgendwer kam dann auf die Idee, den Rand eines Kornes mechanisch zu entfernen, damit nur der weiße Kern übrig blieb. Das Ergebnis war verblüffend, denn von nun an gab es ein Mehl, das monatelang haltbar gelagert werden konnte. Ein Vorteil, der keiner war, zumal fast alle Wertstoffe (Vitamine u. a.), die ein Korn enthält, im Randbereich eingelagert sind, der nun entfernt wurde. Was übrig blieb, war der fast wertlose Kern eines Kornes.

Auszugsmehle sind daher nicht nur nährstoffarm, sondern enthalten auch keine Ballaststoffe oder nur äußerst wenige, was zu Verstopfungen führen kann. Darum empfehle ich Ihnen, keine oder nur geringe Mengen an Backwaren zu verzehren, die aus Auszugsmehlen erzeugt wurden: Brot, Brötchen/Semmeln, Kuchen, Plätzchen, Nudeln und Verschiedenes mehr. Essen Sie möglichst nur Waren, die aus Vollkornmehl oder -schrot bestehen. Heutzutage bieten viele Bäckereien auch Vollkornprodukte an. Seien Sie dennoch skeptisch und fragen Sie nach, denn oft werden Vollkornwaren angeboten, die mit mehr oder weniger viel Auszugsmehl vermischt werden. Der Bäcker wird hierfür seine Gründe haben, wie, einfachere Verarbeitung und geringere Kosten - vermute ich mal. Meiner Meinung nach dürfte er diese Waren nicht als Vollkornprodukte bezeichnen, sondern als Vollkornmischware. Oder er müsste den Anteil von Vollkorn- und Auszugsmehl genau angeben. Andernfalls wäre die Kundschaft irritiert.

Vollkornprodukte sind mitunter um einiges teurer, dafür aber gesunde und bekömmliche Lebensmittel sowie in erhitzter Form qualitativ gute Teil-Lebensmittel, besonders der Nähr- und Ballaststoffe wegen.

Wer Zeit dafür und Freude daran verspürt, kann Vollkornerzeugnisse auch selbst fertigen. Dazu benötigen Sie eine Getreidemühle und Rezepte. Es gibt auch Vollkornmehl/-schrot zu kaufen. Aber achten Sie darauf, dass es bis zur Verarbeitung nicht länger als 12 Stunden alt ist. Denn sonst verliert es zunehmend an Qualität.

Getreidemühlen gibt es mit einer Handkurbel oder elektrisch betrieben. Die eine Sorte Mühlen besitzt einen Mahlstein was sehr zu empfehlen, aber recht teuer ist und die andere eine Metallvorrichtung. Die letzteren Mühlen können am Mahlwerk heiß laufen und am Korn Wertstoffe zerstören. Wem dies nichts ausmacht, der kann im Internet auch preiswertere Mühlen erwerben. Die teuren Getreidemühlen, die meist einen Mahlstein besitzen, sind natürlich robuster gebaut, so dass sie wesentlich länger genutzt werden können. Vielleicht sogar ein Leben lang.

Gesättigte und ungesättigte Fette

Überzeugender Weise mögen manche Menschen kein tierisches Fett, weil bei ihnen Übelkeit auftreten kann. Andere dagegen essen besonders gerne fettiges Fleisch oder Produkte, z.B. Wurst, Käse sowie Pommes frites, was viel Fett enthalten kann. Darum finde ich es für sehr wissenswert, den Unterschied zwischen denaturierten (toten) und naturbelassenen (lebendigen) Fetten zu erläutern.

Zu den denaturierten toten bzw. gesättigten Fetten, die unserer Gesundheit beträchtlich schaden können, zählen alle tierischen und pflanzlichen Fette, die stark erhitzt oder zum Teil chemisch hergestellt werden: Schweineschmalz, Gänsefett, Fett in zahlreichen Fleisch- und Wurstwaren, Fett in den meisten Käsesorten, Margarine, Bratfette, Öle ohne Kaltpressung sowie die sehr vielen versteckten Fette, z. B. in Kuchen oder Torten, in verschiedenen Quarks und Joghurts, in Fertigspeisen und vielem mehr.

Butter nimmt hierbei eine Sonderstellung ein: Sie gehört zwar zu den gesättigten Fetten, enthält aber viele lebenswichtige Nährstoffe z. B. Vitamin A, E und C, Mineralstoffe Calcium, Phosphor, Kalium, Magnesium, Eisen, Zink, Folsäure, Eiweis und wirkt sehr bekömmlich auf unseren Verdauungstrakt. Ich kann Butter statt Margarine daher nur sehr empfehlen und wenig Butterschmalz zum Backen.

Bitte berücksichtigen Sie: tote Fette sind wahre Dickmacher, weil unser Verdauungsapparat sie nur teilweise zur Energieerzeugung (Wärme) umwandeln kann. Der überwiegende Rest dieser Fette, der unverändert in das Zellgewebe gelangt, bildet wenig ästhetische Fettpölsterchen. Außerdem können sich Ablagerungen in den Blutgefäß-Innenwänden festsetzen, was wiederum zu hohem Blutdruck oder einem Herzinfarkt führen kann. Wer unbedingt denaturierte Fette verzehren will, weil sie ihm gut schmecken, der sollte zum Ausgleich viel Sport an frischen Luft betreiben oder schweißtreibende Arbeit verrichten. Dann verbrennt ein größerer Teil dieses Fettes.

Ratsamer wäre, möglichst ganz auf den Verzehr dieser toten Fette zu verzichten was kaum realisierbar ist.

Zu den naturbelassenen (lebendigen) und ungesättigten Fetten gehören kalt gepresste Öle, unbehandelte, frische Fassbutter und Rahm. Diese werden wiederum in einfach und mehrfach ungesättigte Fette unterteilt.

Einfach ungesättigte Fette sind Oliven- und Erdnuss- öl, die unseren Blutfettspiegel verbessern helfen. Denn sie sind dazu imstande, das negative Cholesterin (LDL) zu senken und das positive Cholesterin (HDL) unverändert zu belassen.

Mehrfach ungesättigte Fette: Hierzu zählen kalt gepresstes Raps-, Sonnenblumen-, Distel-, Lein- Maiskeim- und einige Öle mehr. Sie alle senken nicht nur das LDL, sondern auch das HDL. Solche Fette sollten daher nur in Maßen, zirka zu 30 % in der Nahrungskette Verwendung finden.

Lebertran, der aus der Leber von Kabeljau, Dorsch, Hai und Schellfisch durch Pressung oder mittels Wasserdampf gewonnen wird, enthält relativ viel Vitamin A und D. Dies sind Vitamine, die unter gesundheitlichen Aspekten für Knochenbau, Stoffwechsel und Nervenfunktion von großer Bedeutung sind. Dennoch ist Vorsicht beim Verzehr von Lebertran geboten, der heutzutage mehr oder weniger viele Umweltgifte wie Schwermetalle u. a. enthalten kann. Als Bioprodukt allerdings sehr zu empfehlen! Wie ich während meiner Kindheit selbst feststellen konnte, schmeckt Lebertran grauenvoll. Augen zu und Gedanken abschalten!

Durch eine ausgewogene, vollwertige Ernährungsweise kann der Bedarf an Nährstoffen generell ausreichend gedeckt werden.

Zum Braten empfehle ich, eine extra beschichtete abrieb- und kratzsichere Qualitätspfanne zu benutzen, in der ohne Fett/Öl geschmort werden kann.

Neben der Ernährung spielen Bewegung und Sonnenlicht, z. B. während dem Joggen und Spazierengehen, eine entscheidende Rolle bei der Nährstoffversorgung mit Vitamin D (Synthese durch UV-Strahlen). Sie werden feststellen, dass Sie nur mit Butter, echte Sahne und kalt gepresstem Öl recht gut auskommen können.

Getränke

Was sollten Sie trinken, was nicht? Dies ist aufgrund vielfältiger Sorten eine schwierige Frage. Um diesbezüglich für Klarheit zu sorgen, unterteile ich Getränke zunächst in folgende drei Kategorien:

a) gesundheitlich unbedenkliche Getränke,

b) Getränke, die gesunde und ungesunde Inhaltsstoffe enthalten, und

c) Getranke, die suchtig machen.

Zu a) den gesunden Getränken gehören: Mineralwasser in weißen oder dunklen Glasflaschen, zumal die große Masse Plastikflaschen Weichmacher, also ungesunde Schadstoffe enthalten, siehe 1.1.1 Weichmacher, ohne Kohlensäure und mit geringem Natriumanteil (babygerecht), geprüftes Quellwasser, Gesundheitstees von guter Qualität, schadstoffarm, aus kontrolliert biologischem Anbau und zwar: Früchtetees, Kamillen-, Fenchel-, Pfefferminz-, Salbei-, Thymian-, Melissenblätter-, Brennnessel-, Löwenzahntees, grüner Tee aus kontrolliert ökologischem Anbau, bitte nicht länger als 3 Minuten ziehen lassen, frisch gepresste Fruchtsäfte, unbehandelte Rohmilch (melkfrisch) direkt vom Bauernhof (Vorsicht bei Kleinkindern und Schwangeren) u. a.

Tipp: Ich empfehle, bei Stuhlverstopfung reichlich Mineralwasser innerhalb kurzer Zeit zu trinken. Das kann helfen.

Zu b) Getränke, die gesunde und ungesunde Inhaltsstoffe enthalten können, sind: Limonaden, Nektare und Fruchtsaftgetränke mit mehr oder weniger Zusatzstoffen z.b. Zucker, Glukose, chemische Geschmacks- und Farbstoffe u. a., können zu Blähungen und Allergien führen, die sogenannte „frische" mehrfach behandelte Milch, insbesondere H-Milch, auch Buttermilch (verträgt nicht jeder), Kakaogetränke, koffeinfreie Kaffees u. a.

Zu c) süchtig machende Getränke umfassen sämtliche alkoholischen Getränke, schwarzen Tee, koffeinhaltigen Kaffee, Cola-Getränke u. a.

Wenn Sie sich hin und wieder zwei-, dreimal in der Woche eine Tasse schwarzen Tee oder Kaffee, ein Bier, einen Schoppen Wein, ein Glas Sekt oder ein Gläschen Magenbitter gönnen, ist dagegen nichts einzuwenden. Hauptsache, dies wird nicht zur Gewohnheit. Ein gänzlicher Verzicht auf diese Suchtgetränke ist in jedem Fall gesünder.

Bitte vermeiden Sie das sogenannte Komasaufen, was heutzutage als Jugendsünde gilt. Die hierdurch verursachten Gesundheitsschäden wie z. B. Gehirn- und Leberschäden können beträchtlich sein und sind oft irreparabel.

Speisesalze und Gewürze

Speisesalz besitzt in unserer Nahrungskette einen relevanten Stellenwert, den wir kennen sollten. Zehn Gramm Salz verzehrt der Durchschnittsdeutsche etwa pro Tag; fünf bis sechs Gramm würden schon ausreichen. Das meiste Salz, das wir in einer Zeit der körperlichen Untätigkeit und Hektik verzehren, ist in Fertignahrung versteckt. Viele Lebensmittel, die wir täglich zu uns nehmen, enthalten von Natur aus genügend Salz, z. B. in den meisten Gemüsesorten. Auch Vollkornprodukte und einige Getränke wie, Gemüsesäfte, enthalten genügend Salz. Diese Salzmenge, die wir unserem Verdauungstrakt zuführen, reicht vollkommen aus. Mehr Salz erhöht nur das Risiko, unsere Blutgefäße zu schädigen, sie porös werden zu lassen, so dass sich an den Innenwänden der Venen und Kapillaren Ablagerungen leichter festsetzen und somit den Blutfluss beeinträchtigen können. Thrombosen, Kreislaufprobleme und zwar: hoher Blutdruck, Schlaganfälle oder Herzinfarkte wären die Folge.

Salze werden sowohl im Untertagebau als auch nach der Verdunstung von Meerwasser gefördert. Wer Salz in kleineren Mengen zum Würzen verwenden will, sollte hierfür Meer- oder Vollmeersalz nutzen, das in kontrollierten Becken oder Salzgärten an Küsten geerntet wird. Daneben gibt es noch Kräutersalze mit Meersalz. Meersalz reift unter Sonnenenergie und wird von Gesundheitsexperten somit qualitativ besser bewertet. Wer stark schwitzt, nach Sport, anstrengender Arbeit oder bei großer Hitze, sollte sogar geringfügig mit Meersalz hinzuwürzen oder eine Salztablette langsam lutschen. Ansonsten möchte ich hiervon abraten.

Neben Salz bleiben uns genügend andere Möglichkeiten, Speisen zu würzen, z. B. mit Pfeffer, Paprika, Curry, Chili, Kümmel, Ingwer, Muskatnuss, Zimt, Koriander, Majoran, Oregano, Basilikum, Beifuß, Thymian und vieles mehr. Wer die Möglichkeit dazu besitzt, sollte sich einen kleinen Kräutergarten anlegen oder Kräuterpflanzen auf dem Balkon bzw. auf der Fensterbank halten. Frisch genutzt geben sie ein besonders schmackhaftes Aroma ab. Denken Sie zugleich daran, nie zu scharf zu würzen, z. B. mit größeren Mengen Peperoni oder Chili. Die meisten Menschen in Mitteleuropa sind solche scharfen Gewürze keineswegs gewohnt. Denn sonst bestünde die Gefahr, dass sich die Speiseröhre entzündet, was wiederum zu bösartigen Geschwüren führen könnte.

Ich hörte unlängst von einer Ordensschwester, dies wurde im deutschen Fernsehen gezeigt, dass in ihrer Klosterküche zum Würzen von Speisen ausschließlich Kräuter und keine Salze verwendet werden. Voll Stolz zeigte sie ihren Kräutergarten. Auch Urlauber, die in ihrem Kloster untergebracht und beköstigt werden, loben durchweg das schmackhafte Essen, ohne Salz zu vermissen.

Eiweiß

Ohne Eiweiß (Protein) ist kein pflanzliches, tierisches und menschliches Leben auf unserem Planeten möglich. Es ist für die Entwicklung und das Wachstum des lebenden Organismus zuständig und versorgt den Körper mit ausreichend Aminosäuren, die er für den Aufbau von Zellen, Muskeln, Organen, Knochen, Knorpel, Haut, Haaren, Nägeln, aber auch für unser Immunsystem, Enzyme, Hormone, die Übertragung von Nervenimpulsen etc. benötigt.

Die lebensrelevanten Aminosäuren, aus denen Eiweiße bestehen, sollten dem Organismus möglichst in natürlicher, gut verdaulicher Form zugeführt werden. Dabei bewirkt das pflanzliche gegenüber dem tierischen Eiweiß aufgrund ihrer Zusammensetzung eine wesentlich günstigere Verstoffwechselung. Es sind Eiweißlieferanten wie Soja, Linsen, Bohnen, Erbsen, Hafer, Hirse, Dinkel und Kartoffeln, die wir vorrangig bevorzugen sollten. Sie enthalten kein Cholesterin und nur wenig Fett. Eine abwechslungsreiche Ernährung, die sowohl geringe Mengen tierischer Lebensmittel aus artgerechter Tierhaltung, wie Fleisch, Wurst, Fisch und Milchprodukte, als auch den größeren Anteil pflanzliche Nahrungsmittel aus kontrolliert biologischem Anbau, wie Getreide, Gemüse und Obst, enthält, deckt leicht unseren täglichen Eiweißbedarf ab. Und bedenken Sie; dass tierische Eiweiße einen höheren Anteil an Harnsäure erzeugen, der maßgeblich für die Übersäuerung unseres Körpers verantwortlich ist. Die Deutsche Gesellschaft für Ernährung (DGE) empfiehlt deshalb auf ihrer Website etwa 0,8 g Proteine mal Kilogramm Körpergewicht pro Tag mit der Nahrung aufzunehmen. Bei Kindern und Jugendlichen liegt der Bedarf bei 0,9 g, bei schwangeren und stillenden Frauen um zirka 20 bis 30 % höher. Jemand, der 70 kg wiegt und sich normal belastet, arbeiten geht, ein wenig Sport betreibt, sollte somit etwa 56 g Proteine pro Tag verkonsumieren. Bei erhöhter Körperbelastung, wie bei Leistungssportlern und Schwerstarbeitern, ist der Eiweißbedarf auf bis etwa 1,8 g pro kg Körpergewicht zu erhöhen. Zu wenig Eiweiß schadet dem Stoffwechsel und zu viel kann für Ablagerungen in den Blutgefäßen sorgen. Das überschüssige Eiweiß wird allerdings ausgeschieden, also nicht aufgespeichert. Leider entzieht es bei der Ausscheidung dem Körper Kalzium. Vielleicht ist auch dies ein Grund, weshalb viele Menschen unter Osteoporose (Knochenschwund) leiden. Verzehren Sie folglich lieber etwas weniger Eiweiß als zu viel.

Eiweiße, ob pflanzlicher oder tierischer Herkunft, setzen sich aus über zwanzig verschiedenen Aminosäuren zusammen. Acht davon kann der menschliche Organismus nicht selbst erzeugen. Deshalb müssen diese essenziellen Aminosäuren mit der Nahrung zugeführt werden. Fehlt eine Aminosäure, so gerät der ganze Verdauungsprozess in Unordnung. Es ist folglich keine leichte Aufgabe, bei unserer täglichen Nahrungszubereitung die richtige Menge Eiweiß herauszufinden. Vegetarier haben es hier leichter: Sie nehmen ohnehin weniger Proteine zu sich als Menschen, die tierische Produkte verzehren.

Fast Food und Fertigspeisen

In einer Fernsehsendung (Talkshow) hat sich ein sogenannter "Ernährungsspezialist" und Doktor kürzlich wie folgt geäußert: „Was schmeckt, ist auch gesund!" Nach meiner Erkenntnis trifft "gesund" auf Fastfood und Fertigspeisen in keiner Weise zu. Nur, dass diese Art Nahrung anscheinend vielen schmeckt, lässt sich anhand der zahlreichen Kundschaft wohl kaum leugnen.

Nach meinen Informationen und meiner Einschätzung gelten mehr als 50 % der Erkrankungen in den Industrieländern gegenwärtig als rein ernährungsbedingt. Die Kosten zur Behandlung dieser Krankheiten, die alleine von den Krankenkassen in Deutschland bezahlt werden, sollen jährlich enorm hoch sein, geschätzt um die 75 Milliarden Euro betragen. Dies sind Gelder, die in dieser Größenordnung nicht erforderlich wären, wenn wir uns gesünder ernähren und mehr bewegen würden.

Anstatt aus Bequemlichkeit, nur "leckere" und preiswertere, rasch zubereitete Nahrung zu essen, denen wegen ihrer geschmacklichen Wertlosigkeit zahlreiche Zusatzstoffe beigemengt werden nämlich: Geschmacks-, Farb-, Konservierungs- und süchtig machende Stoffe wie Zucker und Glukose , sowie in tierischen Produkten irgend welche Rückstände von Pestiziden, Wachstumshormone, Antibiotika u. a. enthalten oder genmanipuliert sind, sollte die gesunde Alternative klar Vorrang erhalten. Einige Studien weisen eindringlich darauf hin, dass solche Produkt-Cocktails unstrittig gesundheitsschädigend sind.

In der Europäischen Union werden Höchstgrenzen an gefährlichen und zulässigen Schadstoffen für den Menschen festgelegt. Wer diese zugelassenen Schadstoffmengen aus der Nahrung verzehrt, erkrankt nicht zwangsläufig hieran und auch nicht sofort. Das leuchtet ein. Aber wenn sich diese zugelassenen Schadstoffmengen jahrelang im Körper ablagern, nicht ausgeleitet werden und sich stets addieren, was geschieht dann? Dann reichern sich im Organismus irgendwann so große Mengen toxischer Stoffe an, dass sie garantiert zu verschiedenen Erkrankungen führen werden bzw. müssen.

US-amerikanische Forscher, ebenso www.zentrum-der-gesundheit.de haben herausgefunden, dass, wer ausschließlich fette Wurst/Fleisch, frittierte Nahrungsprodukte oder Torten mit Sahne isst, davon genauso süchtig werden kann wie Drogenabhängige. Hierbei wird das chemische Gleichgewicht im Hirn ähnlich ausgehebelt wie durch andere Suchtmittel (siehe 1.7). Der Verzehr dieser Nahrungsmittel löst wiederum ein regelrechtes Wohlgefühl aus, so dass die Konsumenten die Kontrolle über ihr Essverhalten verlieren. Eine Gewichtszunahme als auch verschiedene Erkrankungen können dann die Folge sein.

2.2 Ernährungsempfehlungen

Leider gibt es bislang nur wenige zuverlässige Studien und Experimente, die uns fachlich kompetente Ernährungswissenschaftler liefern, eventuell aus Angst vor Repressalien. Denn die meisten Ergebnisse und Empfehlungen, die zur Veröffentlichung gelangen, dienen meines Erachtens mehr der Nahrungsmittelindustrie oder deren Interessengemeinschaften als unserer Gesundheit. Vor diesem Hintergrund verbinde ich lieber altbewährte Erfahrungen mit denen, die mir wissenschaftlich logisch und demzufolge glaubwürdiger erscheinen. Deshalb unterscheiden sich meine Erkenntnisse von zahlreichen Empfehlungen, die Nahrungsmittel meist nur nach Geschmack/Kalorien bewerten, anstatt die Lebensmittel als Ganzes zu betrachten. Alternativ hierzu werde ich versuchen, die Grundlage für eine akzeptablere Ernährungsweise zu schaffen, die genügend Freiraum belässt, um individuelle Änderungen vorzunehmen. Denn selbst wenn ein Ernährungsvorschlag als gesundheitsfördernd gilt, bedeutet dies noch längst nicht, dass er für jeden Menschen gleichermaßen wirkt. Je nach Veranlagung kann ein Vorschlag für den einen Menschen positiv, für einen anderen hingegen problematisch sein.

Die Ernährung sollte stets so vollwertig und natürlich sein wie sich persönlich realisieren lässt. Reduzieren Sie den Verzehr von Wurst/Fleischwaren auf ein Minimum und essen Sie möglichst keine Innereien, die eine besonders hohe Schadstoffanreicherung enthalten können. Sorgen Sie für eine abwechslungsreiche Kost und neben drei Hauptessen, für ein, zwei Zwischenmahlzeiten. Je vielseitiger unser Speiseplan ist, desto mehr lebenswichtige Nährstoffe können aufgenommen werden. Achten Sie auf genügend Mineral- und Ballaststoffe sowie auf Vitamine. Eine Hausmannskost, die auf biologisch gesunder Basis beruht, ist ebenfalls zu empfehlen. Was gesund und ausgewogen ist, bekommt einem auch besser. Obst und Gemüse, auf den Tag mehrmals verteilt, sollten im Idealfall naturbelassen bleiben, Gemüse allenfalls nur gedünstet werden.

Streichen Sie aus Ihrem Speiseplan sämtliche Produkte, die aus Fabrikzucker, Auszugsmehlen und erhitzten Fetten bestehen oder schränken Sie diese drastisch ein. Das ist äußerst relevant, um Zivilisationskrankheiten z.B. Blutkreislauf- und Nervenprobleme,

Stoffwechselstörungen, rheumatische Erkrankungen als auch Allergien zu vermeiden.

Was das Körpergewicht anbelangt, so lässt es sich normalerweise einfach steuern, indem Sie mehr oder weniger Nahrung zu sich nehmen. Aber keine oder nur geringe Mengen Dickmacher z. B. erhitzte Fette, Süßigkeiten sowie für ausreichend körperliche Betätigung sorgen – ohne Kalorienzählerei, mal abgesehen von ärztlich nachgewiesenen genetischen Veranlagungen.

Biologisch-dynamisch erzeugte Produkte

Öko- bzw. Bio-Lebensmittel unterscheiden sich sowohl durch Erzeugung als auch in der Verarbeitung von konventionellen Nahrungs- und Lebensmitteln. Denn ökologische Landwirtschaft kommt weitestgehend ohne chemisch synthetische Pflanzenschutzmittel aus, verwendet anstelle mineralischer Stickstoffdünger nur organische Düngung (Stallmist u. a.), verzichtet auf gentechnisch verändertes Saatgut sowie Ausgangsmaterial und sorgt für strenge Kontrollen als auch Transparenz ihrer Erzeugnisse (nach Aussagen der Biobranche).

Nach ökologischen Richtlinien erzeugte Nahrungs- und Lebensmittel enthalten, gegenüber entsprechenden Produkten herkömmlicher Art, in der Regel sogar technisch als auch chemisch feststellbar weniger Schad- und wesentlich mehr Vitalstoffe wie Magnesium, Kalzium, Vitamine, Folsäure, Selen u. a. und können sekundäre Eigenabwehrstoffe besitzen, die vor gefräßigen Insekten schützen sollen, z. B. Allicin im Knoblauch und Bitterstoffe in Chicorée. Solche Sekundärstoffe können beim Menschen entzündungshemmend, immunstimulierend, blutdruckregulierend oder verdauungsanregend wirken und vor Allergien schützen.

Öko-Produkte schmecken meist aromatischer, enthalten weniger Flüssigkeit, Obst und Gemüse verderben daher langsamer und sind besonders ballaststoffreich.

Zahlreiche Personen, die an einer Klosterstudie teilnahmen (www.lebendigeerde.de), berichteten von einer Abnahme körperlicher Beschwerden, nachdem sie zwei Monate nur Öko-Produkte verzehrt hatten. Gleichzeitig wurde in deren Blut eine bedeutsame Erhöhung natürlicher Killerzellen vorgefunden, die zur körpereigenen Abwehr von Viruszellen beitragen. Daher können Bio-Lebensmittel einen beträchtlich positiveren Teil zur menschlichen Gesundheit beitragen.

In Bio- oder Naturkostläden sind Lebensmittel aus konventionellem Anbau die absolute Ausnahme, in Reformhäusern stehen hingegen gesunde und ernährungsphysiologisch wertvolle Nahrungsmittel im Vordergrund, unabhängig davon, ob diese aus ökologischer Landwirtschaft stammen oder nicht.

Es gibt bezüglich zahlreicher Nahrungsmittel, leider höchst abweichende Untersuchungsergebnisse und Studien, die einander widersprechen. Bleiben Sie deshalb kritisch und glauben Sie nicht alles, was hier und da interessenbezogen behauptet wird.

Erzeugnisse aus artgerechter Tierhaltung
Jeder Mensch sollte für sich alleine entscheiden, ob er Fleisch aus Tiermastfabriken, wo Tiere meist auf

engstem Raum qualvoll eingepfercht sind, teils fragwürdige Futtermittel (Tiermehle etc.), Antibiotika, Wachstumshormone, Süßstoffe usw. bekommen, kaufen, oder Fleisch aus ökologischer, natürlicher, artgerechter Tierhaltung bevorzugt. Nach den Fleischskandalen der jüngeren Vergangenheit, BSE, Schweinepest, Maul- und Klauenseuche, Vogelgrippe sowie Funden von Gammelfleisch und Dioxin in Tierfutter, somit in Eiern und Fleisch, sind die Verbraucher kritischer geworden, hoffentlich dauerhaft. Deshalb müssen Sie nicht gleich zum Vegetarier oder Veganer werden.

Schweine und zwar solche, die auf ausreichend großer Fläche in freier Natur leben, einen Unterschlupf sowie eine Suhlgrube nutzen können und artgerechtes Futter bekommen, sind wegen der natürlichen Lebensweise sowie Futtermittel allgemein kerngesund und benötigen keine Antibiotika oder Impfungen. Ihr Immunsystem ist sehr stabil. Solches Fleisch können Sie mit gutem Gewissen bedenkenlos, aber dennoch bitte nur in Maßen verzehren, statt regelmäßig in größeren Mengen. Es ist Fleisch von hoher Qualität, geschmackvoller und enthält zugleich weniger Wasser als Fleisch von konventionell gemästeten Tieren. Ökofleisch kostet zwar mehr, aber nach dem Braten oder Garen bleibt auch mehr davon übrig. Und sollten die Portionen etwas kleiner ausfallen, dann passt auch der Preis wieder.

Tiere, die artgerecht gehalten werden, sind allgemein gesünder, weniger stressanfällig sowie friedfertiger im Umgang mit Menschen und anderen Tieren. Sie fühlen sich einfach wohler in ihrer Umgebung. Zwar sind die Erträge und Gewinne für den Bauern meist geringer als bei herkömmlicher Massentierhaltung. Aber die bessere Qualität und gleichzeitig die Umwelt schonen, rechtfertigen jeden Fleiß und jede Mühe. Dies ist ein wesentlicher Vorteil – auch für die Verbraucher.

Frischkornbrei

Die Zeit sollte sich jeder nehmen, zum Frühstück -anstatt Brot, Brötchen, Kuchen- nur einen Frischkornbrei zuzubereiten, der als Frühstück allgemein genügen sollte, zeitlicher Aufwand ungefähr 10 Minuten. Für jede Person nehmen Sie mindestens drei Esslöffel Körner, für Kinder etwas weniger und mahlen sie. Achten Sie darauf, dass Sie die Getreideart täglich wechseln und nutzen Sie z.B. folgende Sorten im Wechsel: Roggen, Hafer, Gerste, Buchweizen, Grünkern, Hirse und Dinkel, sonst keine weitere Kornart. Auch keinen Weizen, weil der recht stark säurebildend ist. Die Reihenfolge bleibt Ihnen überlassen. Ein- bis zweimal pro Woche sollten Sie aufgrund verschiedener Wertstoffe einige Kornsorten miteinander vermischen, eventuell auch als Sechskornmischung. Dies ist eine sinnvolle Erkenntnis, die von Dr. M. O. Bruker empfohlen wurde. Ob Sie das Korn fein oder grob mahlen, bleibt jeden selbst überlassen. Verwenden Sie möglichst Bio-Getreide. Anschließend wird das Mehl/der Schrot mit sauberem Leitungswasser -vor der Nutzung etwas laufen lassen- vermengt, auf keinen Fall mit abgekochtem Wasser, wegen der nützlichen Bakterien, die für eine effektivere Verstoffwechselung sorgen. Anschließend geben Sie frisch ausgepressten Zitronensaft hinzu, pro Portion von einer halben Zitrone etwa, einen Esslöffel frische Sahne, egal ob süß oder sauer und etwas kalt geschleudertem Qualitätshonig. Diese drei Zusätze sollte der Frischkornbrei stets enthalten.

Damit Sie die Geschmacksrichtungen oft ändern können, Kinder sollten unbedingt mitwirken und entscheiden, stehen Ihnen weitere Zutaten zur freien Auswahl: Joghurt pur, aber fettarm 0,1 %, ohne Glukose, Zucker, Früchte oder Geschmacksstoffe, Bio-Magerquark, ungeschwefelte Weinbeeren bzw. Sultaninen, fein gehackte Nüsse, klein geschnittene oder zerdrückte Banane, geriebener oder fein gewürfelter Apfel/Birne, Kirschen, Pflaumen, Pfirsich, Aprikose, Apfelsine, Mandarine, Honigmelone, Heidelbeeren/Blaubeeren/Schwarzbeeren, Brombeeren/Kratzbeeren, Himbeeren, Johannisbeeren, Stachelbeeren, Preiselbeeren, Erdbeeren, Weintrauben (möglichst kernlose) und vielem mehr. Am besten passen Sie Ihre Auswahl an die jeweilige Erntezeit von Beeren und Früchten an, die in unseren Breitengraden gedeihen und die Sie bevorzugen sollten. Sie sind auf uns Mitteleuropäer gesundheitlich besser abgestimmt. Das soll Sie aber nicht stören. Nehmen Sie im Zweifelsfall das, was Ihnen gut schmeckt und bekommt. Genügend Auswahl ist vorhanden, um täglich einen gesunden, schmackhaften als auch abwechslungsreichen Frischkornbrei zu kreieren.

Rohkostsalat

Um einen gesunden, hochwertigen Rohkostsalat herzustellen, sollten wichtige Voraussetzungen beachtet werden: Der Salat sollte mindestens zwei Gemüsearten enthalten, die unter der Erde, und zwei, die über der Erde wachsen, möglichst Bio-Produkte (Erkenntnis von Dr. med. M. O. Bruker).

Unter der Erde:

-Möhren/Karotten, Rote Beete, Rettich, Radieschen, Knollensellerie, Speiserüben u. a.

Über der Erde:

-Sämtliche Kohlarten wie Weißkohl, Rotkohl, Blumenkohl, Chinakohl, Rosenkohl, Brokkoli, Wirsing, Grünkohl u.a. Außerdem bewirken diese Gemüsesorten keine Übersäuerung unseres Körpers, weil sie basenbildend sind. Ebenso Blattsalate wie Kopfsalat, Endiviensalat, Eisbergsalat, Feldsalat, Radicchio, Romanasalat, Eichblattsalat, Bataviasalat, Lollo Rosso, Lollo Bianco, junger Löwenzahn im Frühjahr u. a. Tomaten, Paprika, Erbsen, Kohlrabi, Zucchini, Salat-/Feldgurke und einiges mehr.

In all den zuvor genannten Blattsalaten, Kohlsorten usw. sind mehr oder weniger viele Vitamine, Mineral- und Ballaststoffe, Folsäure etc. enthalten und nur wenig Kalorien.

Sie nehmen folglich je zwei Gemüsesorten, die unter bzw. über der Erde wachsen, es können auch mehr oder weniger Sorten sein, schälen oder bürsten diese unter fließendem Wasser, z. B. Gurken und Möhren, zerkleinern sie fein oder grob in der Küchenmaschine bzw. mit einem Gemüsehobel – je nach gewünschter Kaufreude –, geben reichlich kalt gepresstes Öl, vorzugsweise Olivenöl, frisch ausgepressten Zitronensaft und weißen bzw. schwarzen Pfeffer aus der Mühle hinzu. Diese Zutaten sollte der Rohkostsalat grundsätzlich enthalten, um sie besser verstoffwechseln zu können. Auch hier gilt der Vorsatz, die Gemüse- und Salatsorten öfter zu wechseln, allein wegen der unterschiedlichen Wertstoffe.

Damit sich der Aufwand lohnt, können Sie auch größere Mengen Rohkostsalat zubereiten und einige Tage im Kühlschrank, allerdings nur in Glas-, Porzellan- sowie in Stahlschüsseln, gut verschlossen aufbewahren. Die Portionen sollten jeweils nicht zu klein sein, etwa ein Dessertschälchen voll.

Frühstück

Ihr Frühstück könnte folgendermaßen aussehen: Eine Portion Frischkornbrei -alternativ ein Schälchen Haferflocken, in warmen Wasser, mit ausgelassener Butter, etwas Honig und eingeschnittener Banane zubereiten-, falls jemand keinen Frischkornbrei verträgt, was meist schon als Frühstück ausreichen kann. Oder noch ein, zwei Scheiben Vollkornbrot bzw. -brötchen mit Butter bestrichen, hierauf entweder Honig, fettarmer Käse (z. B. Harzer Roller), Quark, ebenso fettarm mit etwas Olivenöl, frischen Kräutern u. a. zubereitet, pflanzliche Brotaufstriche, gekauft oder selbst erzeugt, möglich Bioprodukte: ohne Zucker, Konservierungs-, Geschmacks-, Farbstoffe usw., eine Banane zerquetscht, Kiwi-, Tomaten-, Radieschen-, Gurkenscheiben u. a., eventuell ein gekochtes Ei und einiges mehr.

Wer mag, kann das Frühstück mit einer Möhre/Karotte oder einem Apfel beschließen. Wurst- und Fleischwaren sollten morgens erfahrungsgemäß gemieden werden. Sie werden staunen, wie köstlich das alles schmecken wird. Wer berufstätig ist, kann die belegten Brote mit zur Arbeit nehmen. Verlassen Sie das Haus jedoch nie mit leerem Magen oder ohne vorher etwas zu trinken!

Als Getränke empfehle ich Ihnen Kräutertees wie Gesundheitstees, möglichst keinen schwarzen Tee, lauwarme Rohmilch/Qualitätsmilch, aber nur pasteurisiert und Bio oder ein Kakaogetränk, evtl. auch grünen Tee, wegen des gesundheitlichen Effektes, aber nicht länger als 3 Minuten ziehen lassen, Rooibos-Tee, mindestens 5 Min. ziehen lassen und stilles bzw. naturelles Mineralwasser, eventuell mit etwas frisch gepresstem Zitronensaft verfeinert. Die Gesundheitstees sollten täglich gewechselt werden. Wer sich bessere Qualität leisten kann, hat mehr davon, zumal sie meist geringere Schadstoffmengen enthalten. Falls süßen, dann bitte nur mit wenig Honig, nie mit Zucker.

Mittagessen

Was das Mittagessen anbelangt, bin ich ein Hobbykoch, bei dem es oft schnell gehen muss. Deshalb werde ich mich bei den nachfolgenden Ausführungen auf Mittagsgerichte beschränken, die allgemein nur wenig Zeit in Anspruch nehmen. Ansonsten appelliere ich an Ihren Einfallsreichtum und Ihre Erfahrung.

Zuvor noch einige wissenswerte Regeln: Kochen und dünsten Sie nur in einem Wok oder ähnlichem Kochgeschirr, wodurch der Siedepunkt niedriger ist als bei normalen Kochtöpfen und somit wesentlich mehr Vitamine als auch Geschmacksstoffe erhalten bleiben. So mundet es zugleich besser und die Farben verblassen kaum. Schließlich essen auch unsere Augen mit.

Verzichten Sie auf Salzkartoffeln gänzlich und beschränken sich stattdessen nur auf Pellkartoffeln, wegen der Vitamine und Mineralstoffe unter der Schale. Denn aus gepellten Kartoffeln, von denen nur die dünne Schale entfernt wird, lassen sich gut schmeckende Kartoffelsalate oder -püree herstellen. Kartoffeln alleine machen allerdings nicht dick. Es sei denn, Sie bereiten sie mit (viel) Fett zu oder servieren eine fettige Soße dazu.

Kochen und braten Sie möglichst fettlos bzw. -arm. Verwenden Sie nur frisches oder allenfalls tiefgefrorenes Gemüse, möglichst keine fast wertlosen Konserven. Speisen, die ohne Mikrowelle erhitzt wurden, sind aufgrund Expertenaussagen jedenfalls gesünder. Das Gegenteil konnte noch niemand beweisen.

Menü-Vorschläge:

1. Ein Schälchen Rohkostsalat, sollte stets am Beginn der Nahrungsaufnahme stehen, Pellkartoffeln, gewürfelter   Weichkäse aus Ziegen, Schafs- oder Kuhmilch, angemacht mit Olivenöl, Obst- oder Kräuteressig, Pfeffer und frischen bzw. getrockneten Kräutern, zum Abschluss Joghurt pur mit kernlosen Weintrauben und Pfirsichstückchen.

2. Rohkostsalat, Gemüseeintopf aus dem Wok bzw. Dämpftopf, mit Wiener Würstchen, wer mag, auch klein geschnitten, wenig Kräutersalz, Pfeffer und klein gehackter Petersilie, danach eine Banane.

3. Rohkostsalat, Kartoffelbrei/-püree aus Pellkartoffeln, gebratene Leber, bitte aus artgerechter Tierhal-

tung, sonst hohe Schadstoffkonzentration möglich und goldbraun gedünstete Zwiebelringe, vielleicht mit Soße und abschließend ein Apfel oder eine Birne.

4. Rohkostsalat, Pellkartoffeln mit selbst zubereitetem Bio-Magerquark:
   a) Quark, Mineralwasser, um etwas zu verdünnen, Öl, zerkleinerten/zerquetschten Knoblauch, klein ge würfelte Salatgurke, Pfeffer, Ingwer
   b) Quark, Mineralwasser, Öl, frische Sahne, Banane, Apfel bzw. Birne klein gewürfelt
   c) Quark, ein wenig trockener Weiß- oder Rotwein, Sahne und Pfeffer
   d) Quark, Mineralwasser, Öl, Knoblauch, Schnittlauch, Pfeffer und Ingwer
   e) Quark, Mineralwasser, Öl, klein geschnittener Pa prika, Knoblauch, Paprika- und Pfeffergewürz usw. ab schließend jeweils Obst.

5. Rohkostsalat, Vollkornreis mit Mischgemüse und Hühnerfleisch aus artgerechter Tierhaltung im Wok/Dämpftopf garen, mit wenig Kräutersalz und anderen Gewurzen abschmecken, darf ausnahmsweise etwas schärfer sein, dann Joghurt pur mit Bananenstückchen.

6. Rohkostsalat, Kartoffelbrei aus Pellkartoffeln, gedünstetes Seelachsfilet mit Gewürzen, goldgelb angeröstete Zwiebelringe, Bohnengemüse und Sud oder Soße, danach Obst.

7. Rohkostsalat, Vollkornnudeln im Wok: Erbsen, Möhren, Hühnerfleisch hinzugeben, leicht köcheln und entsprechend würzen, abschließend eine Apfelsine.

8. Vollkorngrießbrei, vorzugsweise mit Dinkelgrieß, leicht abkühlen, darüber Butter zergehen lassen, mit etwas Honig und Zimt versehen, hierzu Beeren, z. B. Erd- oder Heidelbeeren, bzw. leicht gezuckerte Früchte aus Glas oder Dose (Zuckerwasser weggießen), fertig. Kalt oder warm serviert – besonders an heißen Sommertagen zu empfehlen.

9. Bratkartoffeln nach Straßburger Art: Pellkartoffeln möglich fettlos in entsprechender Pfanne in Scheiben oder Würfel einschneiden, bei mittlerer Wärme anbraten und mit Kümmel sowie Pfeffer würzen, anfangs mit Deckel, dann ohne, damit sie leicht knusprig werden. Hiernach die Pfanne vom Herd nehmen, etwas abkühlen lassen, dann mit klein geschnittenem, rohem Fasssauerkraut überstreuen und gut mit den Bratkartoffeln vermischen. Rasch servieren, damit das Essen nicht kalt wird. Vorher sollte wie üblich Rohkostsalat und abschließend Obst gegessen werden.

10. Rohkostsalat, Kartoffelsalat aus Pellkartoffeln, mit selbst gemachter Majonäse: getrennt zubereitet aus rohem Ei, mittelscharfem Senf, kalt gepresstem Öl, frischer Sahne, mit Obstessig, Pfeffer und etwas Meersalz abschmecken, dann klein gewürfelten Paprika (evtl. vorher leicht andünsten), Tomatenfleisch, Salatgurke, evtl. gekochtes Ei und gedünstet Rote Beete

sowie Gewürzgurken aus dem Glas hineinschneiden, alles gut durchmischen ,– fertig. Sollte der Salat zu klebrig sein, geben Sie noch etwas Mineralwasser hinzu. Dazu passen Wiener Würstchen, gebratenes Putengeschnitzeltes oder Leberkäse. Ein solch zubereiteter Kartoffelsalat schmeckt nicht nur köstlich, sondern ist zugleich sehr sättigend. Als Nachspeise passt ein kleines Schälchen Pudding, z. B. aus Dinkelgrieß, mit Kakaopulver vermengt und mit Vanillesoße übergossen oder irgend ein Obst bzw. Joghurt pur mit Früchten.

10. Thüringer Klöße: Sie benötigen ein Drittel gekochte Kartoffeln (Pellkartoffeln) und zwei Drittel rohe, geschälte Kartoffeln, die mit einer elektrischen Reibe sowohl gerieben als auch geschleudert werden. Wer die Kartoffeln manuell mit einem Reibeeisen reiben möchte wie zu Omas Zeiten, der kann dies tun, hat aber viel Arbeit. Dann gut in einem Leinensäckchen auspressen, nicht vergessen! Die rohe Masse in eine Metall- oder Porzellanschüssel geben, die gekochten Kartoffeln heiß pellen und durch eine Presse drücken, mit den rohen Kartoffeln in der Schussel kurz vermengen, die Kartoffelstärke vom Reibesaft abschöpfen und zugeben, ebenso eine Prise Meersalz, ein rohes Ei und, falls erforderlich, etwas warme mit Wasser verdünnte Milch, sodass sich der Kloßteig gut in beiden Händen formen lässt, die Masse nicht zu dünn machen, sonst lösen sich die Klöße im kochenden Wasser teils auf, in jeden Kloß in Butter geröstete Brötchen- oder Weißbrotwürfel hineingeben und gut verschließen, dann in geringfügig gesalzenes kochen-

des Wasser geben, die Klöße bei leichtem Köcheln etwa 20 bis 25 Minuten ziehen lassen, ab und an wenden, danach alle Klöße rasch aus dem Wasser nehmen, fertig. Zu den Klößen passt sehr gut Gänse-, Enten-, Kaninchen- oder Wildbraten, aber auch Rinderrouladen. Neben einer schmackhaften Bratensoße, aber das Fett vorher abschöpfen und entsorgen, mit Beifuß und anderen Gewürzen, gehören selbstverständlich Rotkohl sowie ein Stück gedünstete Birnenhälfte mit Preiselbeeren dazu. Beginnen Sie dennoch mit einem Rohkostsalat, der besseren Verdauung wegen. Ein guter Tropfen Wein gehört eigentlich auch zu einem solchen Festessen. Guten Appetit!

Es muss nicht vor jeder Mahlzeit der von mir empfohlene Rohkostsalat dabei sein. Abwechselnd können Sie genauso gut einfache Blatt-, Tomaten-, Gurken-, Bohnen- oder gemischte Salate zubereiten. Sollte die Zeit knapp sein, dann reicht auch ein Apfel bzw. eine Birne vor dem Hauptgang.

Bio-Gurken und -Möhren müssen nicht geschält werden. Gut abbürsten und schadhafte Stellen herausschneiden – das schont Vitamine und andere Wertstoffe. Auch Frühkartoffeln können mit Schale gut gereinigt und gegart verzehrt werden. Aber niemals mit Lagerkartoffeln, weil die Schalen dann Giftstoffe enthalten können.

Ergänzend möchte ich auf Literatur hinweisen (ausleihen oder kaufen), die eine gesunde Vollwertküche beinhaltet. Wählen Sie, wenn möglich, nur solche Rezepte aus, die ohne Fabrikzucker, Auszugsmehle oder erhitzte Fette (tote Fette) angerichtet werden. Solche Bücher werden Sie kaum im Handel finden, leider.

Gegen Ausnahmen von ungesunden Nahrungsmitteln habe ich allerdings nichts einzuwenden.

Abendessen

Ihr Abendessen könnte wie folgt oder ähnlich zusammengestellt sein: Auf Rohkostsalat können wir verzichten. Stattdessen nehmen wir ein Schälchen Joghurt pur mit Früchten/Beeren u.a., alternativ einen Apfel oder Birne, einige Scheiben Vollkornbrot (Sonnenblumen oder Dinkelvollkornbrot) bzw. Vollkornbrötchen, seltener Mischbrot mit Sauerteig, darüber hinaus kann ich echtes, bekömmliches Holzofenbrot mit Gewürzen z. B. mit Anis sehr empfehlen, nur mit Butter bestrichen (möglichst keine Margarine), darauf pflanzlicher Bio-Brotaufstrich, darf auch selbst zubereitet sein oder fettarmer Käse, angemachter Magerquark (siehe Mittagessen Bio-Quark), Fisch z.b. Brathering, geräucherte Forelle, Ölsardinen, Makrele, Aal u. a. – sollte allerdings aus heimischer, artgerechter und kontrollierter Zucht stammen, gekochtes Ei in Scheiben oder halbiert mit normalem Kaviar, mittelscharfem Senf, Kapern etc. garniert, Radieschen, Tomaten, Salatgurke, Kiwi, Banane – entweder in Scheiben oder am Stück – und was Ihnen sonst noch an gesunden, bekömmlichen Brotbelägen bzw. -aufstrichen einfällt. Natürlich kann auch Wurst dabei sein, mit möglichst wenig Fett sowie Pökelsalz, vor allem nur in kleinen Mengen und nicht jeden Tag. Wurst, die Innereien enthält, sind unter Vorsicht zu genießen (wegen möglicher Schadstoffanreicherungen).

Wenn Sie hin und wieder auf irgendetwas großen Appetit verspüren, das weniger gesund ist, etwa auf eine gegrillte Schweinshaxe bzw. ein Grillhähnchen, eine Currywurst mit Pommes frites und Ketchup, ein großes Stück Torte und anderes, dann essen Sie das. Hauptsache, die Vitamine und Ballaststoffe kommen nicht zu kurz wie Rohkostsalat, Obst, Früchte u. a.

Seien Sie vorsichtig bei Diätempfehlungen. Die können mehr schaden als Nutzen bewirken. Es sei denn, Sie müssen aus gesundheitlichen Gründen das eine oder andere weglassen. Vermeiden Sie sehr scharfes und sehr saures Essen, da es der Speiseröhre, dem Darm oder dem Magen schaden kann. Wir Westeuropäer können uns nicht mit asiatischen, arabischen und anderen Völkern vergleichen, die von jeher ihre Warmspeisen extrem scharf essen können, ohne dadurch gesundheitlich Schaden zu nehmen.

Wenn Sie einmal zum Essen gehen, auch während des Urlaubs, dann scheuen Sie sich nicht, Vollwertspeisen auszuwählen. Die sind meist köstlicher und bekömmlicher.

Sie können nun guten Mutes daran gehen, Ihre Essgewohnheiten in Richtung Gesundheit umzustellen. Viel Erfolg!

Zwischenmahlzeiten

Beim Auswählen kleinerer Mahlzeiten dürfen Sie gerne kreativ sein. Vor- und nachmittags je eine Zwischenmahlzeit, auch Snack etc. genannt, reicht vollkommen aus. Sind es zwei bis drei Zwischenmahlzeiten, gleichmäßig über den Tag verteilt, fühlen Sie sich weniger hungrig und die Gefahr einer Heißhungerattacke sinkt.

Die Grundlage für Zwischenmahlzeiten bilden Obst und Rohkost z.B. Äpfel, Birnen, Bananen, Möhren, Salatgurke, Paprika sowie einiges mehr. Kombinieren Sie diese möglichst mit Vollkornprodukten: Kekse, Kuchen, eine belegte Scheibe Brot, Müsli, Hafer-, Grieß- oder Reisbrei (kalt/warm) mit etwas Honig und Früchten, fettarmer Joghurt pur – je nach Jahreszeit mit kernlosen Weintrauben, Heidelbeeren, Himbeeren, Erdbeeren etc.

Das Schul-Pausenbrot für Kinder: Wird hierauf verzichtet wie heutzutage immer öfter geschieht oder dieses durch ungesunde Fertigprodukte (etwa Schokoriegel u. a.) ersetzt und vieler Orts während der Unterrichtspausen im nahegelegenen Kiosk/Supermarkt von den Schülern gekauft, kann dies hinsichtlich der Lernfähigkeit zu Konzentrationsstörungen als auch Desinteresse führen. Darum empfehlen sogar Ernährungsexperten alternativ, Vollkornbrot/-brötchen mit Butter, Quark bzw. pflanzlichem Brotaufstrich zu versehen oder mit einer Scheibe Käse, ab und an auch mit magere Wurst zu belegen. Des Weiteren sollten keine Banane oder Apfel/Birne fehlen.

Anregung: Wenn Kinder ihre Schulbrote selbst belegen, erhöht es die Wahrscheinlichkeit, dass sie auch gerne gegessen werden. Auf Süßigkeiten jeglicher Art oder Fastfood-Produkte sollten sie unbedingt verzichten, weil das Lernvermögen hierdurch negativ beeinträchtigt wird.

Nahrungsergänzungsmittel

Grundsätzlich ist eine Nahrungsergänzung im Rahmen einer ausgewogenen, naturbelassenen Ernährung keineswegs notwendig, sondern ergibt nur nach Feststellung eines individuellen Nährstoffmangels Sinn und zwar, bei Hochleistungssportlern, Schwerstarbeitern, bei Krankheit oder während bzw. nach einer Schwangerschaft. Dann aber sollten entsprechende Nahrungsergänzungsmittel auf natürlicher Basis erzeugt sein. Im Gegensatz zu Arzneimitteln dürfen Nahrungsergänzungsmittel kaum bzw. keine Nebenwirkungen auslösen und müssen dieselbe Sicherheit wie Lebens- oder Nahrungsmittel aufweisen. Sie unterliegen nur einer Registrierungspflicht beim Bundesamt für Verbraucherschutz und Lebensmittelsicherheit (BVL). Die Kontrollfunktion in Bezug auf Nahrungsergänzungsmittel obliegt lediglich den Lebensmittelüberwachungsbehörden der hierfür zuständigen Länder.

Vitalstoffe, zu denen Vitamine, Mineralstoffe, sekundäre Pflanzenstoffe, bestimmte Fettsäuren und essenzielle Aminosäuren gehören, werden von den Stoffwechselorganen benötigt, um Nährstoffe aus der Nahrung aufzunehmen, sie in ihre Bestandteile zu spalten und weiterzuverwerten. Teilweise werden sie im Organismus selbst gebildet, teilweise sind es essenzielle Fettsäuren, welche mit der Ernährung zugeführt werden müssen. Bei naturbelassenen Lebensmitteln sind Vitalstoffe allgemein passend enthalten; bei nicht naturbelassenen, industriell verarbeiteten Nahrungsmitteln werden sie hingegen mehr oder weniger zerstört und es kommt zwangsläufig zu Mangelerscheinungen. Ungesunde Nahrungsmittel, durch Nahrungsergänzungspräparate quasi gesund zu machen, das funktioniert in der Regel kaum. Denn ergänzende Vitalstoffe müssen exakt zur jeweiligen Nahrung passen.

Zu den Nahrungsergänzungsmitteln, die untereinander auch kombiniert werden können, zählen zum Beispiel:

Kohlenhydrate – sind für Energie und Ausdauer wichtig

Protein/Eiweiß – dient als Baustein für die Muskulatur, deren Aufbau und Erhalt von Sehnen, Nerven sowie Bindegewebe

Aminosäuren – bilden das körpereigene erforderliche Eiweiß

Chlorella – eine smaragdgrüne Süßwasser-Mikroalge, meist aus dem asiatischen Raum, hilft hervorragend bei der Entgiftung des Körpers (siehe 1.1.2) von toxischen Schwermetallen als auch chemischen Schadstoffen, behebt verschiedenartig einen Nährstoffmangel und unterstützt positiv unseren Verdauungsapparat

Calcium – schützt unter anderem vor Knochenabbau/-schwund

Eisen – ist verantwortlich für die Blutbildung und den Sauerstofftransport im Blut sowie den Energiestoffwechsel

Magnesium – wirkt u. a. gegen Muskelkrämpfe, Müdigkeit

Kalium – dient der Übertragung von Nerven- und Muskelreizen und der Energiegewinnung

Selen – schützt und regeneriert Körperzellen, stärkt das Immunsystem, verlangsamt das Altern

Speisenatron, ebenso Bullrich Salz – helfen gegen Übersäuerung, d. h. Sodbrennen und Aufstoßen

Jod – trägt zur Bildung von Schilddrüsenhormonen bei

Zink – stärkt das Immunsystem, fördert das Sehen in der Dämmerung und den Geschmacksinn

Bierhefe – enthält viel Vitamin B und ist daher für Haut und Haare gut

Gelatine – fördert den Gelenkknorpelaufbau

Mangan – unterstützt das Wachstum und die Immunabwehr

Multivitamine – sind bei ausgewogener Ernährung nicht erforderlich, aber in besonders belastenden Lebensphasen z. B. bei Krankheiten gewiss hilfreich

Spirulina – eine Alge, ähnlich wie Chlorella, gedeiht aber nur in Salzwasser, soll die Abwehrkräfte stärken und Schadstoffe aus dem Körper ausleiten bzw. im Gewebe binden, ihre Wirkung ist wesentlich geringer als mit Chlorella

Vitamin A – ist gut für die Augen

Vitamin-B-Gruppe – sorgt für eine gesunde Haut sowie einer positiveren Funktionsfähigkeit der Nerven, stärkt quasi unsere Nerven

Vitamin C – stärkt das Immunsystem und verhindert Skorbut

Vitamin D – stärkt die Knochen, zumal eine Mangelerscheinung zu Knochenerweichung (Rachitis) führen kann, ferner wird Vitamin D durch Sonneneinstrahlung auf die Haut ganz natürlich übertragen oder muss mit der Nahrung aufgenommen werden (mindestens eine halbe Stunde Sonneneinwirkung kann schon den Tagesbedarf decken)

Vitamin K – unter anderem in Grünkohl, Spinat, Brokkoli, Rapsöl enthalten, dient vor allem der Blutgerinnung

2.3 Übersäuerung des Körpers und deren Folgen

Eines der Hauptübel unserer Gegenwart. Als ursächlich werden eine falsche, überwiegend Säure bildende und eine viel zu geringe Basen bildende Ernährung als auch negative Lebensweise in Betracht gezogen. Insbesondere bei akuten, chronischen Erkrankungen und deren medikamentöse Behandlungen, überhöhte körperlich, seelische Anstrengungen, hoher Alkohol- und Tabakgenuss, Diäten als auch Hungerkuren, Stress, Elektro-Smog, Verlust eines lieben Angehörigen, sowie einiges mehr, können das Basen-Säure-Gleichgewicht wesentlich zum Negativen beeinflussen. Wenn die Nieren die überschüssige Säure nicht mehr neutralisieren können und somit die körpereigenen Basenreserven verbraucht, kommt es zur Azidose, einer chronischen Übersäuerung. Was wiederum zu zahlreichen Symptomen und Krankheiten führen kann z.B.:

-Rheuma (Rüchen- und Gelenkschmerzen)
-Arthrose (Verschleiß des Gelenkknorpels, besonders bei älteren Menschen ab etwa 60 Jahre)
-Gicht
-Herzprobleme
-Durchblutungsstörungen (z. B. hoher Blutdruck, Krampfadern, Thrombose)
-Einschränkung der Nieren
-Entmineralisierung der Knochen (werden porös und brüchig)
-Allergien
-Verstopfung oder Brennen beim Stuhlgang
-Müdigkeit und dennoch Schlafstörungen

-Kopfschmerzen
-Konzentrationsprobleme
-Migräne
-Haarausfall (sprödes und brüchiges Haar)
-Finger- und Zähnagel verlieren an Elastizität (werden brüchig)
-Gewichtszunahme
-Hautekzeme, Falten- und Schuppenbildung, sowie verschiedene Symptome/Krankheiten mehr.

Da eine Übersäuerung nicht nur gute, sondern auch böse Bakterien, Viren und Pilze anlockt, gibt es genügend Argumente, diesem Unheil entgegen zu wirken. Es lohnt sich gewiss!

2.3.1 Basen bildende Lebensmittel und Getränke

Hierzu zählen sämtliche Lebensmittel und Getränke, die als neutral bis sehr basisch gelten, einer Übersäuerung entgegen wirken und somit unbedenklich sind.

Gemüse: Grünkohl, Brokkoli, Weiß- und Rotkohl, Blumenkohl, Wirsing, Rosenkohl (umstritten), Rote Beete, Kohlrabi, Sellerie, Porree-Lauch, Karotten-Möhren, Bohnen, Erbsen, Spinat, Kartoffeln, Tomaten, Zwiebeln, Radieschen, Knoblauch, Paprika, Zucchini, Kürbis, Fenchel, rohes (ungedünstetes) Sauerkraut im Holzfass gereift, tiefgefrorenes Gemüse, Chlorella, Spirulina, Sprossen, Keimlinge und einiges mehr

Pilze: Steinpilze, Champignon, Pfifferlinge, Trüffelpilze und andere

Salate und Kräuter: Gurken, Feldsalat, Kopfsalat, Eisbergsalat, Chicorée, Rucola, Endivien, Löwenzahn, Brennnessel, Schnittlauch, Petersilie, Fenchel, Rettich, Sellerieblätter, Sauerampfer, Kresse, Ingwer u. a.

<u>Gewürze und getrocknete Kräuter:</u> Basilikum, Pfeffer, Paprika, Majoran, Oregano, Kümmel, Koriander, Rosmarin, Muskatnuss und verschiedene Arten mehr

Obst/Beeren (möglich reif geerntet): Äpfel, Birnen, Bananen, Ananas, Nektarinen, Pfirsiche, Aprikosen, Grapefruits, Quitten, Feigen, Datteln, Orangen, Mandarinen, Kiwis, Zitronen, Honigmelone, Wassermelone, Pflaumen, Zwetschgen, Kirschen, Mirabellen, Oliven (weiß, schwarz), Heidelbeeren, Johannisbeeren (rot, weiß, schwarz), Stachelbeeren, Preiselbeeren, Himbeeren, Erdbeeren, Weintrauben (weiß, rot) und andere

Trockenfrüchte (ungeschwefelt und ohne Konservierungsstoffe): Feigen, Datteln, Pflaumen, Rosinen, Sultaninen, Aprikosen und einiges mehr

Nüsse und Samen (etwa neutral bis basisch): Mandeln, Paranuss, Walnuss, Haselnuss, Maroni (Esskastanien), Pekannuss, Sonnenblumenkerne, Sesam, Mohn u. a.

Getränke: Gesundheitstees wie Kamille, Fenchel, Pfefferminz, Melisse, Lindenblüten, Salbei, Thymian, Brennnessel, Löwenzahn, Mineralwasser ohne Kohlensäure, frisch gepresste Frucht- und Gemüsesäfte ohne Zusätze, Rohmilch direkt vom Bauern (nahe neutral - nicht für Kinder, Schwangere oder Kranke geeignet), stilles Mineralwasser mit frischem Zitronensaft und eventuell noch alkoholfreies Bier und Grüner

Tee (nicht länger als 3 Minuten ziehen lassen), Rooibos Tee (mindestens 5 Minuten ziehen lassen), Leitungswasser, Molke u. a.

Lebens- und Nahrungsmittel -sauer bis annähernd neutral, dennoch gesund: Bio-Butter, Bio-Ei, Vollkornbrot, Vollkornnudeln und andere Vollkornprodukte, aber nicht aus Weizenkorn, Naturreis, Hülsenfrüchte wie Linsen, Erbsen, Bohnen u. a., Spargel, natives Oliven- und Sonnenblumenöl, auch einige andere kalt gepressten Öle, kalt geschleuderter Honig, etwa 1 Teelöffel am Tag, pflanzliche Brotaufstriche gekauft bzw. selbst zubereitet, aber ohne Zucker, Glukose, Farb- und Konservierungsstoffe, tierische Fleisch- und Fischerzeugnisse aus artgerechter Tierhaltung mit biologischer Fütterung, natürlich nur überschaubare Mengen verzehren und sicherlich einiges mehr.

Einflüsse, die Basen bildend sind: Bewegung an frischer Luft, viel lachen, lustig sein, optimistisch denken, verliebt sein, Körper und Seele genügend Erholung bieten, ausreichend Schlaf, gute Freundschaften pflegen, Urlaub als Erholung sehen, ein harmonisch, glückliches Familienleben anstreben und alles was die Seele baumeln lässt.

2.3.2 Säure bildende Nahrungsmittel und Getränke

Weshalb nunmehr Nahrungsmittel? Weil sie vom Menschen auf vielfältige Art und Weise verändert wurden (siehe Abschnitt Nahrungsmittel auf Seite 65).

Zwar wurden vor Jahrhunderten Fleisch, Milch und Getreide auch schon in andere Produkte umgewandelt, aber längst nicht mit so vielen Zusatzstoffen wie heutzutage, insbesondere Geschmacks-, Farb- und Konservierungsstoffe. Ebenso fehlten seinerzeit die zahlreichen toxischen Stoffe der Neuzeit, Tiermedikamente, die in mehr oder weniger Anteilen in konventioneller Nahrung enthalten sind

Fleisch- und Wurstwaren: Vom Rind/Kalb, Schwein, Schaf, Ziege, Pferd und sämtliche Geflügelarten, besonders aus konventionaler Tierhaltung, Wildschwein, Hirsch, Reh, Hasen, was ich persönlich bevorzugen würde (artgerechtes Fressen, keine Rückstände von Antibiotikums und allenfalls nur geringe Mengen an pflanzlichen Spritzmitteln)

Fisch -hauptsächlich aus konventioneller Herkunft: Lachs, Aal, Makrele, Thunfisch, Karpfen, Hering, Forelle, Sardinen, Scholle, Kabeljau, Seezunge, Garnelen, Krabben, Muscheln und einige Arten mehr

Milchprodukte: Sogenannte H- oder Frischmilch pasteurisiert und homogenisiert, ausgenommen Rohmilch direkt vom Bauern, Quark, sämtliche Käsesorten, insbesondere Hartkäse, Joghurt, Buttermilch, behandelte Sahne u.a.

Produkte aus verschiedenen Auszugsmehlen - egal, ob aus hellem oder dunklem Mehl: Brot, Brötchen, Kuchen, Torte, Plätzchen, Pumpernickel, Knäckebrot, Zwieback, Toast, Baguette, Nudeln/Spätzle und andere Erzeugnisse. Vollkornwaren sind eine günstigere Alternative!

Getränke: Alle alkoholischen Getränke wie zum Beispiel Bier, Schnaps, Likör, Wein und Sekt,

Colagetränke, Kaffee mit und ohne Coffein, schwarzer Tee, Früchtetee, kohlensäurehaltige Mineralwasser und Limonaden, ALCOPOPS - die neuzeitlichen alkoholischen MischSoftdrinks, bevorzugt besonders von Jugendlichen und einige andere Getränkesorten mehr

Sonstiges: Fabrikzucker z. B. in Bonbons, Schokolade, Pralinen, Speiseeis, Essig (außer Obstessig), Senf (außer ein qualitatives Bio-Produkt), Ketschup, Rauchen, Drogen und sicherlich zahlreiche Medikamente

Äußere Einflüsse, die den Körper übersäuern: Stress allgemein - länger andauernde Konflikte, Kummer, Sorgen, Ärger, Angst, Hass, Zorn, pessimistische Denkweise, Aggressionen, Mobbing, Elektro-Smog, Lärm, zu wenig Schlaf, körperliche Überanstrengung besonders im Sport oder an der Arbeit u. a.

2.3.3 Regulierung des Basen-Säure-Haushaltes

Da es gegenwärtig noch keine übereinstimmenden Erkenntnisse als auch Forschungsergebnisse gibt, werde ich versuchen, Ihnen einen logischen Konsens zu empfehlen.

Aber zuerst müssen Sie wissen, ob Ihr Körper basisch ausgerichtet oder übersäuert ist. Um dies im Urin messen zu können, was kein perfektes, dennoch akzeptables Richtmaß ist, benötigen Sie Indikator-Papierstreifen, mit denen der PH-Wert relativ einfach an einer Farbskala ermittelt wird. Zu empfehlen wäre eine Skale im Bereich von 5,6 bis 8. Der normale Basen/Säurewert liegt bei 7,2 bis 7,4 innerhalb einer Skala von 1 bis 14, von (1)sehr sauer bis (14) sehr basisch. Käuflich sind solche Indikatorstreifen in Apotheken, aber auch über das Internet. In der Apotheke habe ich für 104 Streifen etwas mehr als 6,50 € bezahlt (Indicator paper Uralyt-U) und in einer easyApotheke 4,79 €. Im Internet liegen die Kosten, einschließlich Versandkosten, beträchtlich höher.

Sofern eine Übersäuerung offenkundig ist, bei einem Tagesmittelwert von unter 6 der Skale liegt und vermutlich schon seit Jahren existiert, dann rate ich Ihnen, einen Basenüberschuss für etwa drei bis vier Monate aufzubauen, um die im Körper abgelagerten Säureschlacken auszuscheiden. Sogar Schwitzen und Sauna leiten Schlacken über die Haut aus. Der gemittelte Wert lässt sich anfangs durch 4 bis 5 Messungen am Tag errechnen, ungefähr eine Woche lang. Hiernach sollten täglich zwei Messungen genügen, eventuell morgens nach dem Aufstehen und etwa nach dem Abendessen (persönliche Erfahrung) oder eben nur eine Messung morgens nach dem Aufstehen.

Irgend wann wird sich Ihr Organismus ganz von selbst in eine Basen-Säure-Balance einpendeln. Vorausgesetzt, Sie ernähren sich überwiegend basisch. Von irgend welche Mittelchen, die käuflich angeboten werden, halte ich überhaupt nichts. Sie kosten nur unnötig Geld und ersetzen in keiner Art und Weise eine gesunde, ausgewogene basenüberschüssige Ernährung.

Theoretisch könnten Sie alles verspeisen und trinken was Basen und Säuen bildet, allerdings im Verhältnis von ungefähr 80 zu 20 Prozent bei jeder Hauptmahlzeit. Nach welchen Kriterien Sie Ihr Essen zusammen stellen, bleibt letztendlich Ihnen überlassen. Die Betonung sollte jedenfalls auf -gesunde- Erzeugnisse liegen, statt Fast Food, Fertiggerichte und

Suchtmittel aller Art, einschließlich schädigende Getränke.

Das Ergebnis kann sehr viel lebenswerter sein: Keine bzw. geringere Schmerzen, insbesondere im Rückenbereich, Stopp oder Verlangsamen von Arthrose, also Verschleiß von Gelenkweichteilen wie Knorpel, Gewichtsabnahme ohne Kalorien-Zählerei, Diäten u.a., Verbesserung des körperlich, seelischen Wohlgefühls, jüngeres Aussehen, da gesündere, straffere Haut, Verlangsamung des Alterns und somit lebensverlängernd.

3. Sportliche Betätigungen

Nur wenn Körper und Seele in Einklang stehen, kann der Mensch auf ganz natürliche Weise Gesundheit mit einem Selbstwertgefühl erlangen.

3.1 Sport zur Gesunderhaltung und Fitness

Nachfolgend empfehle ich ausschließlich Sportarten, die der Gesundheit und Fitness dienen. Sportarten wie etwa Boxen oder Motorsport, die ein größeres Unfall- als auch Verletzungspotenzial besitzen und die Gesundheit extrem gefährden können, erwähne ich nachfolgend nur nebenbei oder ignoriere sie. Für mich zählt hierbei nur der gesundheitliche Aspekt.

Ob Personen, die körperlich sehr schwere Arbeit verrichten z. B. Holzfäller, Stahlbetonarbeiter, Personen in der Altenpflege, Dachdecker, Müllmänner, Straßenbauer, zusätzlich noch Sport betreiben sollten, sei denen selbst überlassen. Sie müssten physisch eigentlich recht fit sein. Dennoch würde ich ihnen emp-

fehlen, wenn sie mehr Wohlbefinden und Ausdauer-
vermögen anstreben, irgend eine Sportart zu betätigen,
sei es nur zum Vergnügen.

3.1.1 Ganzkörpertraining, auch die Tiefenmuskulatur

Beim Ganzkörpertraining wird die gesamte Körper-
muskulatur beansprucht, gleichwohl ein Zusammenspiel fast aller Muskelgruppen, von den Füßen bis zum
Hals. Nachfolgend sind solche Sportarten ausreichend
erläutert, wobei ich Pilates sehr empfehlen kann.

Pilates

Beginnen möchte ich mit einer kurzen Episode wie
ich vor Jahren rein zufällig auf Pilates stieß. Es ge-
schah im Sommer 2011 als ich drei Wochen lang jeden
Morgen einen „Hexenschuss" bekam, nach unterschiedlichen Bewegungen; so beim Füße waschen,
Schuhe zuschnüren und einigem mehr. Mein Ortho-
päde sagte, dies sei altersbedingter Verschleiß. Mein
Lauftraining sollte ich unbedingt aufgeben. Im Moment würden mir nur Schmerzmittel helfen.

Was tun? Sollte ich diesen Aussagen Glauben
schenken? Nein, denn dann würde ich ein großes
Stück Lebensqualität verlieren. Deshalb suchte ich
nach einem anderen Arzt, den ich in Braunschweig
fand. Es ist ein gut qualifizierter und angesehener
Sportarzt. Wie sich später herausstellte, war dies ein
Glückstreffer für mich. Als er die Aufnahme der
Computertomografie betrachtete, gelangte er zu fol-
gender Erkenntnis: Die Wirbelsäule zeigt zwar alters-
bedingten Verschleiß, aber dies sei ganz normal. Die

Tiefenmuskulatur, besonders um den Lendenwirbel herum, habe sich jedoch stark -durch nur Laufen- zurückgebildet. Hierin sah er die Hauptursache meiner Rückenbeschwerden. Deshalb müsse ich aber nicht gleich meinen Sport aufgeben. Denn diese Innenmuskulatur könne ich recht gut mit Pilates stärken. Er habe das bei seinem Tennissport ähnlich erlebt. Auch ihm habe Pilates sehr geholfen.

Gesagt, getan: Seit mehr als 7 Jahren betreibe ich nun einmal wöchentlich Pilates, anfangs im Sportverein, vier Jahre später nur noch zu Hause. Bis heute habe ich keinen Hexenschuss mehr bekommen. Ob privat, im Beruf oder beim Sport, ich bin körperlich wieder belastbar geworden.

Darum kann ich Pilates sehr empfehlen. Nicht nur, weil es ein Ganzkörpertraining ist, sondern auch wegen der sanften Methodik für Muskeln, Sehnen und Gelenke, die vom Kindesalter an so ziemlich jeder ausüben kann, sofern aus gesundheitlichen Gründen keine ärztlichen Bedenken bestehen.

Erfinder und Perfektionist dieser Sportidee war Joseph Hubert Pilates (Trainer), 1880 in Düsseldorf geboren. Schon im Kindesalter war er darum bemüht, etwas gegen seine schwächliche und kränkliche Konstitution zu tun. So kam er noch als Heranwachsender auf den Gedanken, aus fernöstlichen und europäischen Trainingsmethoden z. B. Yoga und Tai Chi die für ihn spezifischen Übungen zu entwickeln. Anfangs tat er dies, um seine eigene Fitness und Gesundheit zu fördern, später auch, um anderen Menschen zu helfen. Seine Erfolge konnten sich sprichwörtlich sehen lassen, sogar in der Körperhaltung und im Aussehen, was er bei späteren Studien auch fotografisch dokumentierte.

Während des Ersten Weltkrieges wurde Pilates in England interniert, wo er im Auftrag der hierfür zuständigen Stellen verletzten Kriegsgefangenen bei ihrer Rehabilitation half, und später trainierte er Bedienstete von Scotland Yard in der Selbstverteidigung. Nach Kriegsende kehrte Pilates nach Deutschland zurück, wo er bei der Polizei und der Armee Selbstverteidigung lehrte. 1926 wanderte er in die USA aus und lernte dort seine spätere Frau Clara kennen, mit der er in New York ein Trainingsstudio eröffnete. Mit der Zeit wurden seine außergewöhnlichen, effektiven Methoden zunehmend bekannter. Besonders Prominente vom Ballett, aus dem Leistungssport sowie der Film-, Kunst- und Musikbranche trainierten bei Pilates. Als er 1967 einen Brand in seinem Studio löschen wollte, starb er, im stattlichen Alter von 87 Jahren.

Erst Ende der 90er-Jahre, als einige Hollywoodstars, darunter auch Madonna, ihr gutes Aussehen dem Training von Pilates zuschrieben, wurden seine Methoden aus Lebzeiten neu aufgegriffen und weltweit einer breiten Öffentlichkeit zugeführt. Heute zählt Pilates als Trendsportart.

Pilates ist eine wirkungsvolle Trainingsmethode, die Körperregionen erreicht, die bei alltäglichen Bewegungsabläufen kaum oder überhaupt nicht beansprucht werden und zwar: die kleinere Tiefenmuskulatur, zuständig als Stütze und Fixierung der Wirbelsäule, der Kniegelenke und einige andere Bereiche.

Grundprinzipien von Pilates

a) *Atmung:* Zu Beginn einer Übung tief durch die Nase einatmen und im weiteren Verlauf durch den Mund ausatmen. Das verhindert Muskelverspannungen und regt die Tiefenmuskeln an. Halten Sie nie die Luft während einer Übung an. Das könnte Ihr Training unnötig erschweren.

b) *Konzentration:* Schalten Sie unnötige Gedanken während des Trainings ab. Denken Sie stattdessen an jede einzelne Übung, bis Körper und Geist vollkommen harmonieren. Jeder Bewegungsablauf sollte einem in Fleisch und Blut übergehen.

c) *Kontrolle:* Jede Übung muss langsam und kontrolliert ausgeführt werden. So können fehlerhafte Ausführungen vermieden werden.

d) *Zentrierung:* Pilates nannte dies *Powerhouse*, die Kraft aus der Körpermitte. Sie reicht vom Bauch bis zum Rücken und Becken, mit dem Nabel als Kraftzentrum. Kommt die Kraft aus dem Zentrum, schützt sie den Körper und beugt Haltungsschäden vor.

e) *Genauigkeit:* Bei Pilates zählt nicht die Zahl der einzelnen Übungen, sondern deren präzise Ausführung. Nur so kommt es zur effektiven Wirkung.

f) *Fließende Bewegungen:* Die Abfolge der Übungen sollte nicht wahllos geschehen, sondern in einen gleichmäßigen Übergang führen, nahtlos und kontinuierlich ineinander verschmelzen, ohne Unterbrechungen. Nur so lässt sich ein positiver Effekt erzielen.

Fachausdrücke

- *Powerhouse:* Bevor Sie mit einer Übung beginnen, muss das Kraftzentrum aktiviert werden. Darunter versteht man das Zusammenwirken von Bauch- und Beckenmuskulatur sowie den tiefer liegenden Muskelgruppen der Wirbelsäule, die einen sogenannten Kraftgürtel erzeugen.

- *Nabel einziehen*: Um Pilates korrekt auszuführen, sollte der Bauchnabel in Richtung Wirbelsäule eingezogen werden, was nur mithilfe der Bauchmuskeln geschieht. Die Atmung darf dabei nicht unterbrochen werden.

- *Brustkorbatmung*: Bei Pilates gibt es nur die Brustkorbatmung, wobei der Brustkorb beim Einatmen durch die Nase seitlich gedehnt und beim Ausatmen durch den Mund eingezogen wird.

- *Schulterblätter und Schultern nach unten*: Um den Oberkörper zu entspannen und eine effektivere Atmung zu erzielen, werden die Schulterblätter tiefer nach unten und nahe der Wirbelsäule gezogen.

- *Wirbel für Wirbel*: Ob bei Übungen im Stand oder im Liegen, die Wirbelsäule nie abrupt strecken oder aufrichten, sondern langsam, d. h. Wirbel für Wirbel, auf- bzw. abrollen, um plötzliche Verspannungen oder Schmerzen zu vermeiden.

- *Kinn parallel zur Brust*: Dies bezieht sich auf Übungen, die in Rückenlage ausgeführt werden, wobei das Kinn parallel zum Brustbein zeigt und die Augen entlang dem Körper ausgerichtet sind. Dadurch kommt es zu einer Entspannung der Wirbelsäule.

- *Verlängern*: Darunter versteht man eine Streckung zwischen Hüfte und Brustkorb, was der Wirbelsäule gut tut.

- *V-Stellung*: Sie entsteht, wenn das Kraftzentrum mittels Anspannung aktiviert wird. Dann gehen die Füße fast von allein seitlich auseinander, während sich die Fersen weiterhin berühren. Egal, ob bei Übungen im Stehen oder im Liegen, die Muskeln der Oberschenkel und des Gesäßes bleiben dadurch belastet.

Training

Pilates empfahl, im Hinblick auf die 32 Übungen, die er entwickelt hat, mit einem zehnminütigen Training pro Tag zu beginnen. Für welche Übungen sich jemand entscheidet, bleibt ihm frei überlassen. Inzwischen gibt es nahezu fünfhundert verschiedene Übungen, deren Ausführung leicht bis anstrengend sein kann. Die Hauptsache hierbei ist, dass eine Trainingseinheit aus Übungen besteht, die unterschiedliche Muskelgruppen ansprechen. Eine sinnvolle Auswahl, bei regelmäßigem Training, sind die Voraussetzung zum Erfolg.

Was Sie hierfür benötigen: bequeme Kleidung, eine Pilates- bzw. Gymnastikmatte, und wer möchte, einen sogenannten *redondo ball*, eine Balancerolle sowie ein Pilates-Elastikband. Der Raum, in dem trainiert wird, sollte groß genug sein, um sich richtig ausstrecken zu können. Achten Sie ferner darauf, dass er gut gelüftet ist. Entsprechende Anleitungskarten, die Sie bei Ihren Übungen einsehen können, sind in Buchhandlungen erhältlich.

Wer in einer Gruppe, unter qualifizierter Anleitung, trainieren kann, hat mehr davon. Die AOK und gewiss noch andere Krankenkassen übernehmen zirka 80 % der Kursgebühren, ein- bis zweimal im Jahr. Es gibt auch Sportvereine, die Pilates anbieten, deren Mitglieder meist nur einen geringen Aufpreis hinzu zahlen müssen.

Schon Pythagoras soll gesagt haben; „dass die göttlichste aller Künste, die Kunst zu heilen sei." Pilates könnte eine dieser Künste sein.

Qigong

Qigong (gesprochen tchigung) ist nach meiner Einschätzung eine hervorragende Methode, um Körper, Geist und Seele in Einklang zu bringen. Nach der Traditionellen Chinesischen Medizin wird der Mensch als Ganzes gesehen.

Schon aus der Zeit um 200 v. Chr., als Kaiser das Riesenreich China beherrschten, gibt es überlieferte Aufzeichnungen, die belegen, wie sehr medizinische Gelehrte darum bemüht waren, körperliche Übungen zur Erhaltung der Gesundheit zu entwickeln. Sie kreierten Übungen zur Selbstheilung in Bezug auf das körperliche, geistige und seelische Wohlbefinden und zur gesundheitlichen Prävention – ganz im Sinne der Gesundheit und der damaligen Medizin.

Seit der Kulturrevolution in China 1966 – 1976 galt Qigong aus Sicht der kommunistischen Machthaber als negatives, konservatives Überbleibsel aus der Kaiserzeit und war deshalb bis 1976 verpönt, ja, sogar verboten. Erst seit sich das Land in den 1970er-Jahren gegenüber dem Westen öffnete und die freie Marktwirtschaft zuließ, kam bei Gesundheitsexperten wieder Interesse daran auf, sich intensiv mit der Qigong-Lehre zu befassen. Von nun an wurde die Lehre des Qigong staatlich gefördert und die Wirkung des Qi -in China versteht man darunter das gesamte Universum, im Westen Lebenskraft oder Energie- intensiv erforscht. Die Ergebnisse waren verblüffend. Nun stand wissenschaftlich fest, welch positive Wirkungen die einzelnen Übungsfolgen auf die Gesundheit bewirken – vorausgesetzt, die Übungsreihen werden präzise der Reihe nach ausgeführt und nicht kreuz und quer durcheinander. Denn sonst können gesundheitliche

Schäden auftreten, ähnlich wie bei anderen körperlichen oder sportlichen Betätigungen. Ein harmonischer Übergang zwischen den einzelnen Übungen sollte stets gewährleistet sein.

Von 1977 an erlebte die Lehre des Qigong eine Zeit der Renaissance, indem alte Übungen mit anderen Elementen z. B. therapeutischer Art, kombiniert oder ganz neue Übungen erdacht wurden, ohne die alten Grundideen dieser Lehre zu vernachlässigen.

Schließlich gelangte dieses neu konzipierte Gesundheits-Qigong auch nach Europa und Übersee. Es ist wahrlich eine Bereicherung für all jene, die ihre Gesundheit fördern bzw. stabilisieren möchten.

Weil einige Trainer, Therapeuten und andere Experten die Meinung vertraten, sie müssten verschiedene Übungen so abwandeln, dass diese besser an unsere Lebensweise angepasst sind, wurden weitere kreative Veränderungen vorgenommen. Qigong ist somit keine starre Lehre mehr, sondern unterliegt stetigem Wandel, ähnlich wie bei Pilates.

Bei uns sind ohnehin nur das bewegte und das stille Qigong von Bedeutung, keineswegs spirituelle oder esoterische Teilbereiche des Qigong. Ebenso wird hierzulande kein Kampf-Qigong angeboten, wie es bei den Shaolin-Mönchen als auch in anderen asiatischen Kampfkunst-Schulen praktiziert wird. Meine Betonung liegt auf Gesundheitsförderung, d. h. präventiver als auch therapeutischer Art. In dem Zusammenhang sei kurz Folgendes bemerkt: Das Spiel der fünf Tiere ist eine uralte Heilmethode des Qigong. Sie wird nur noch von Shi De Chao, einem Shaolin-Meister, beherrscht. Es ist eine spezielle Qigong-Technik, bei der besonders die Atmung und Bewegung vom Bär, Kranich, Affe, Tiger und Hirsch nachgeahmt werden. Diese Methode soll lebensverlängernd wirken.

Beim harten Qigong werden die äußere Kraft und die innere Energie trainiert. Wer hier zur Perfektion gelangen will, muss jahrelang sehr intensiv üben.

Das Qi möchte ich als Lebensenergie oder Lebenskraft bezeichnen. Wenn das Qi unseren Körper ungestört durch die Meridiane durchströmen kann, von Organ zu Organ, dann verspürt der Mensch ein angenehmes Wohlbefinden und fühlt sich demzufolge auch gesund. Übermäßiger Stress oder Schmerzen zeigen an, dass unser Qi nicht ungestört fließen kann. Dagegen helfen einige wenige Qigong-Übungen kaum. Zuerst sollten die Ursachen des Stresses beseitigt oder verringert werden, bevor ein regelmäßiges und dauerhaftes Qigong-Training Erfolg versprechend sein kann. Bei akuten Schmerzen sollte ärztliche Hilfe in Anspruch genommen werden. Falls ärztlicherseits keine Bedenken bestehen, können Qigong-Übungen durchaus eine therapeutische Alternative sein, um Schmerzen zu lindern, eventuell auch beseitigen.

Durch intensives und regelmäßiges Qigong, so wird vermutet, kann das Altern verlangsamt und das Leben sogar verlängert werden.

Bewegtes Qigong:
Hierzu zählen Übungen, bei denen die Atmung und Bewegung die Energieströme steuern, es sind rein körperliche Aktivitäten. Jede Übung, dazu zählen auch die sogenannten Fünf Tibeter (siehe 3.1.1 sowie gleichnamige Literatur) und zahlreiche andere Übungsformen, die das Qi einbeziehen, sind dem bewegten Qigong zuzuordnen.

Die Auswahl bezüglich der bewegten Übungen bzw. Übungsfolgen ist ziemlich groß. Dabei findet jeder etwas Passendes. Egal, ob im Sitzen, Liegen oder Stehen ausgeführt, niemand ist hierfür zu alt. Achten Sie bitte darauf, vorwiegend Übungen zu bevorzugen, die der alten chinesischen Qigong-Lehre entsprechen, da sie von staatlichen Stellen wissenschaftlich überprüft wurden. Ihre Effektivität für die Gesundheit ist bewiesen. Allerdings lässt sich mit Qigong hingegen keine Ausdauer erlangen.

Stilles oder ruhendes Qigong:
Dies ist eine passive Übungsform, die ohne physische Bewegungen auskommt. Das Qi wird ausschließlich durch Geist und Wille gelenkt, ähnlich wie beim Meditieren. Diese Art Qigong lässt sich quasi überall praktizieren. Ob in der Bahn, im Bett, auf einer Parkbank oder sonst wo, Sie werden stets eine Möglichkeit finden, um ruhendes Qigong zu betreiben, ohne dass jemand hiervon etwas bemerkt. Dies ist quasi ein geheimes und unsichtbares Qigong.

Wer stilles Qigong ausführen will, sollte die geistige Voraussetzung als auch fundiertes literarisches Wissen mitbringen, um aktiv zu werden. Erst dann lassen sich die vielen Vorzüge erlangen wie, körperliche Entspannung, ein starker Wille sowie eine verbesserte Konzentrations-, Lern- und Erinnerungsfähigkeit.

Tipps zum Training:
Üben oder erlernen Sie Qigong keineswegs allein, zumindest am Anfang nicht, sondern stets in einer entsprechenden Übungsgruppe der Krankenkassen, in Sportvereinen, Selbsthilfegruppen und Verbänden, bei

denen speziell ausgebildete Trainer tätig sind. Hinweise, an wen Sie sich wenden können, finden Sie gewiss auch im Internet.

Sicher gibt es auch in Ihrer Stadt oder näheren Umgebung die Möglichkeit, Qigong zu erlernen. Und achten Sie hierbei auf die Teilnahmekosten, die recht unterschiedlich sein können, ähnlich wie beim Pilates-Training. Ich vermute, dass die Beiträge im Sportverein günstiger sind. Angeblich sollen sich einige Krankenkassen an den Kursgebühren beteiligen. Fragen Sie einfach bei Ihrer Kasse nach.

Sie können sich vorher auch Literatur oder Informationen aus dem Internet beschaffen, um einen besseren Einblick in diese Lehre zu bekommen. Vielleicht finden Sie auch jemanden, der seit Längerem Qigong betreibt. Die Erfahrung von Fortgeschrittenen ist meist hilfreich und nützlich.

Nach meinen Erkenntnissen, die in Bezug auf Qigong ausschließlich theoretischer Art sind, kann ich dieses Training nur empfehlen. Eine Altersgrenze gibt es nicht und sogar Personen, die körperbehindert oder an den Rollstuhl gebunden sind, können Teilbereiche des Qigong ausführen – sofern deren Haus- oder Facharzt seine Zustimmung erteilt.

Tai-Chi

Diese asiatische Bewegungslehre existiert schon mehrere tausend Jahre. Tai-Chi korrekt zu beschreiben, kann aufgrund der vielfältigen Stilrichtungen sehr schwierig sein. Zu viele Großmeister der damaligen und späteren Zeit haben dabei ihren eigenen Stil geprägt. An Vielfältigkeit ist diese Lehre kaum zu überbieten. Deshalb möchte ich nachfolgend nur einen groben Überblick vermitteln. In Westeuropa -ich fand keine übereinstimmenden Aussagen, auch nicht im Internet- wird vermutlich der Yang-Stil bevorzugt.

Vergleiche ich Tai-Chi mit Pilates oder Qigong, so ähneln alle drei Philosophien, insbesondere im Hinblick darauf, was den gesundheitlichen Wert dieser Bewegungsübungen anbelangt. Die entsprechenden Kampftechniken, sei es mit oder ohne Waffen, möchte ich bewusst ausgrenzen. Denn bei mir zählt nur der Gesundheitseffekt für Körper, Geist und Seele.

Dem Tai-Chi werden hauptsächlich von Experten, Therapeuten als auch einigen Medizinern eine Vielzahl von gesundheitsfördernden Eigenschaften zugeschrieben ähnlich, wie bei Pilates und Qigong z. B. bei Rückenschmerzen, Arthrose, Herz- und Kreislaufproblemen. Aber fragen Sie vorab stets Ihren Arzt oder Ihre Ärztin.

Mir ist aufgefallen, dass dort, wo Tai-Chi gelehrt und trainiert wird, fast immer hohe Kursgebühren verlangt, diese allerdings von einigen Krankenkassen bezuschusst werden. Fragen Sie einfach nach. Wer diese Kosten nicht aufbringen kann oder mag, kann Tai-Chi alternativ mit Übungsvideos und der entsprechenden Lektüre eigenständig erlernen. Manchmal finden sich auch Freunde oder Bekannte, die gern mitmachen möchten. Denn in einer Gruppe, so meine ich, lässt es sich wesentlich angenehmer trainieren.

Yoga

Yoga ist eine indische Philosophie, die auch religiöse Bereiche erfasst. Sie enthält einen relevanten Aspekt, der auch Pilates, Qigong und Tai-Chi gesundheitlich auszeichnet: Körper, Geist und Seele bilden hierbei eine Einheit.

Von dieser meditativen und körperlichen Lehre gibt es viele unterschiedliche Formen, die zum Teil eine eigene Philosophie und Ausführung besitzen. Im Zeitalter von Wellness, Yogaschulen und Fitnesscentern umfasst Yoga folgende Bereiche: Atmung, allgemeine und besondere Regeln, Körperhaltung, Konzentration, Sinne, sowie Einssein mit Gott. Wer möchte, kann sich mit diesem Thema ausführlicher befassen. Ich will hier nur einen groben Überblick vermitteln.

In Deutschland sollen laut einiger Medienberichte inzwischen mehr als drei Millionen Menschen Yoga betreiben, darunter etwa 80 % weibliche Teilnehmer.

Yoga zählt zu den Gesundheitslehren, die körperliches Üben als auch Meditation vermittelt. Dabei werden in Europa die Bewegungsabläufe, wie sie ursprünglich praktiziert wurden, auch mit Dehnungsübungen kombiniert.

Der ursprüngliche Yoga, wie er in Indien gelehrt wird, unterscheidet sich nur unwesentlich von dem modernen Yoga in Westeuropa. Der positive Gesundheitseffekt bleibt also erhalten. So soll Yoga in Bezug auf Stressbewältigung, Konzentrationsfähigkeit, Gedächtnisleistung, Linderung von Kopfschmerzen, Regulierung von Kreislaufproblemen sowie Stärkung des inneren Kraftzentrums, des Harmoniegefühls und des allgemeinen Wohlbefindens sehr hilfreich sein. Auch die Wirbelsäule und die Rückenmuskulatur sollen hiervon positiv profitieren. Spezielle Dehnungsübungen können allerdings zu schmerzhaften Bänderschäden und Zerrungen führen. Also nie übertreiben!

Eine Altersbegrenzung existiert bei Yoga nicht. Auch sollte es in Ihrer Nähe genügend Angebote geben, wo Yoga gelehrt und trainiert wird. Aber holen Sie mehrere Informationen ein, um die Kosten zu vergleichen. Sie werden staunen, welche Preisunterschiede zu verzeichnen sind. Informieren Sie sich auch bei Ihrer Krankenkasse. Sportvereine bieten nur selten Yogakurse an. Denken Sie daran, nur eine gut ausgebildete Lehrkraft sollte den Kurs leiten. Fragen Sie nach, ob Hilfsmittel bzw. Gerät gekauft werden muss oder ob sie in den Kursgebühren enthalten sind. Viel Erfolg, falls Sie sich für Yoga entscheiden!

Die fünf Tibeter

Sind eine Verbindung von fünf Bewegungsabläufen nämlich, Kreisel, Kerze, Halbmond, Brücke und Berg, die mit zu den ältesten asiatischen Körperübungen zählen. Es ist eine intelligente Auswahl zur Stärkung der Fitness und des Wohlbefindens. Sie wurden so erdacht, dass hierdurch fast alle Muskeln wirksam beansprucht werden. Das führt wiederum dazu, die körpereigenen Energieströme zu stärken. Die Übungen sind für Jung und Alt geeignet und werden oft sogar von Ärzten empfohlen.

Besonders gut hieran ist, dass Sie die Übungen auch allein erlernen und ausführen können. Sie benötigen nur eine Matte, ein spezielles Buch und ein Video hierfür, wodurch Sie einiges an Kosten sparen können.

Wer möchte, kann die fünf Tibeter mit einigen Übungen vom Yoga in sein Programm aufnehmen. Bewegung und Meditation könnten eine gute Mischung sein. Wer sich hierfür entscheidet, sollte täglich mindestens 15 bis 20 Minuten zuhause üben. Daneben werden entsprechende Kurse in Fitnesscentern, im Wellnessbereich, von Volkshochschulen und eventuell auch in Betrieben oder von Krankenkassen angeboten.

Franklin-Methode

Sie gilt als einzige physische Bewegungsmethode, die geistig gesteuert wird. Erfinder dieser Bewegungsphilosophie ist der Schweizer Eric Franklin. Seine Bestrebungen galten ursprünglich dem Tanzsport, um hierbei durch bildhafte Gedankensteuerung eine bessere Körperhaltung zu erlangen. Heute unterrichtet er auch Sportarten wie Turnen, Gymnastik und einiges mehr. Sein Institut für die Franklin-Methode gründete er 1994 in der Schweiz. Inzwischen ist seine Methode weltweit bekannt, auch in Deutschland. Immer mehr Freizeit- und Leistungssportler wenden seine Übungen an.

Voraussetzung ist allerdings positives Denken, um die Übungen Erfolg versprechend auszuführen. Die Bewegung geht hierbei vom Kopf aus, nicht von den Muskeln. Allein durch bildhafte Vorstellung werden die einzelnen Übungen beinahe automatisch ausgeführt und gelenkt.

Die Franklin-Methode kann jeder erlernen und trainieren, unabhängig vom Alter. Hauptsache, sie führt sowohl zur Fitness als auch zur Gesunderhaltung von Geist und Körper, möglichst ein Leben lang. Dadurch können Verspannungen in Schulter, Hals und Rücken sowie körperliche Fehlstellungen und Rückenschmerzen hilfreich gelindert werden oder dienen ausschließlich der Prävention. Die Motorik sowie die Vitalität verbessern sich. Auch die Verletzungsgefahr nimmt ab.

Allgemeine Hilfsmittel sind neben zwei Franklin-Bälle, die etwas größer als Tennisbälle, sowie aus weichem Kunststoff sind, zur Massage von Rücken-, Arm- und Beinmuskulatur sowie der Fußreflexzonen, ein Thera-Band, langes Streifen-Gummiband und eventuell eine Gymnastikmatte als auch bequeme Kleidung. Somit wären die Voraussetzungen geschaffen, Ihr spezielles Trainingsprogramm zu absolvieren. In Deutschland scheint es nach meinen Recherchen gegenwärtig nur wenige Übungsgruppen zu geben, die, die Franklin-Methode anbieten, möglicherweise aus Trainermangel. Sie werden daher aller Wahrscheinlichkeit nach zunächst auf sich selbst gestellt sein. Entweder Sie üben allein zuhause oder irgendwo gemeinsam mit anderen interessierten Personen. Hierzu brauchen Sie nur ein Übungsbuch und entsprechende Übungsvideos. Franklin hat selbst einige hervorragende Bücher, z. B. „Bewegung beginnt im Kopf" geschrieben – ein ideales Buch zum Verschenken.

Die Franklin-Methode ist eine Lehre, die aufgrund der Vielzahl körperlicher und seelischer Belastungen sehr gut in die heutige Zeit passt. Sie kann in viele Lebensbereiche integriert und praktiziert Anwendung finden. Die Übungen lassen sich sogar mit Elementen des Tai-Chi und Qigong kombinieren oder hierdurch ergänzen. Ich kann jedem empfehlen, sich mit dieser philosophischen Lehre zu befassen. Sie lernen dabei sehr viel hinzu!

Feldenkrais
Durch spezielle physische Bewegungen, so die Feldenkrais-Lehre, lässt sich das menschliche Be-

wusstsein steigern, was wiederum zur Verbesserung der körperlichen Leistungsfähigkeit führen kann.

Diese Methode in vollem Umfang zu erlernen, kann sehr aufwendig sein und mehrere Jahre in Anspruch nehmen. Begründer dieser Methode war Moshe Feldenkrais, ein jüdischer Physiker und Judolehrer, der 1984 achtzigjährig in Tel Aviv verstarb. Sein Vermächtnis lebt aber indes weiter.

Heute ist die Feldenkrais-Lehre weltweit bekannt, nicht nur sportlich betrachtet, sondern vielmehr in der Gesundheitstherapie – entweder im Hinblick auf Teilbereiche von körperlichen Verletzungen oder nach Operationen bzw. Krankenhausaufenthalten, die bestimmte Reha-Maßnahmen erfordern.

Die Feldenkrais-Lehre lässt sich vielseitig einsetzen, so bei Stressempfinden, Schmerzen, Einschränkungen der Motorik, zahlreichen Sportarten wie Laufen, Tanzen, Turnen u. a., schulischen Problemen von Kindern, auch innerhalb von Lerngruppen, Schwangeren, Gehirnschädigungen und vielem mehr. Allgemein galt diese Methode und Lehre gesundheitlich zwar als unstrittig, dennoch fand sie bei Ärzten und Medizinern keine angemessene würdigende Anerkennung, zumindest nie zu Lebzeiten von Feldenkrais. Inzwischen hat jedoch ein Umdenken stattgefunden, zumal auch wissenschaftliche Ergebnisse (www.feldenkrais.de) vorliegen. Die vielfältigen Erfolge, die mittels der Feldenkrais-Lehre damals erzielt wurden, sind nunmehr, zumindest teilweise, durch Studien belegt.

Feldenkrais kann sowohl in der Gruppe als auch im Einzeltraining erlernt werden, wobei ich eine Gruppe bevorzugen würde.

Interessenten können sich weitere Informationen vom Feldenkrais-Verband Deutschland, dem Feldenkrais-Verband Österreich oder dem Schweizerischen Feldenkrais-Verband beschaffen. Zusätzliche Informationen finden Sie im Internet. Außerdem gibt es verschiedene Bücher, auch von Moshe Feldenkrais selbst, sowie Lehrvideos, die hilfreich sein können. Wer an einem entsprechenden Kurs teilnehmen möchte, sollte sich vorher auch bei anderen Anbietern informieren.

Gymnastik

Eine Ganzheitlichkeit von Leibesübungen zur Verbesserung der Fitness, zur Prävention sowie zur Linderung und Beseitigung von körperlichen als auch seelischen Beschwerden. Gymnastik ist inzwischen ein weitläufiger Begriff geworden, mittlerweile sind zahlreiche Überschneidungen und Verschmelzungen mit anderen Sportarten zu erkennen, z. B. mit Pilates, Qigong und der Feldenkrais-Methode (siehe 3.1.1). Daher dürfte es kaum leicht fallen, eine klare Abgrenzung zwischen Gymnastik und ähnlichen Sportarten zu erkennen.

Vor diesem Hintergrund ist genügend Spielraum angezeigt, um für jeden etwas Passendes aus dem Bereich der Gymnastik anzubieten – je nachdem, welche Effekte erwünscht sind.
Nennenswerte Gymnastikarten:
- Krankengymnastik
- Rückengymnastik
- Wassergymnastik oder Aqua-Gymnastik
- Funktionsgymnastik
- Rhythmische Sportgymnastik

- Aerobic
- Fitnessgymnastik
- Seniorengymnastik
- Reha-Gymnastik

Wer für eine dieser Arten interessiert ist, sollte kaum Probleme bekommen, in näherer Umgebung eine Trainingsgruppe zu finden. Gymnastik wird beinahe überall und von vielen Sportvereinen angeboten, zusätzlich über die Krankenkassen und Volkshochschulen.

Was Sie hierfür benötigen; bequeme und möglichst atmungsaktive Kleidung. Hilfsmittel wie Gummibänder, Bälle u. a. stehen einem meist inklusiv zur Verfügung. Ein Gymnastikkurs sollte für jedermann erschwinglich sein.

Des Weiteren besteht die Möglichkeit, sich Übungsbücher und -videos zu beschaffen, die das Erlernen von geeigneten Übungen erlauben. Hierzu finden Sie genügend Informationen im Internet.

3.1.2 Allgemeintraining für bestimmte Muskelgruppen

Fitness-Center

Im modernen Fitnessbetrieb sind besonders Übungen für Bauch, Rücken, Schultern, Brustmuskulatur, Bizeps, Trizeps, Unterarme, Gesäßmuskeln und Beine gefragt. Fast sämtliche Übungen werden an hierfür speziellen Geräten ausgeführt. Vorbedingungen zur Aufnahme sind in der Regel:
- Gesundheitscheck
- Ausdauertest

- Erstellen eines individuellen Trainingsplanes
- Einweisung und Erklärung der Geräte

Die Übungsprogramme werden im Idealfall von kompetenten Trainern geleitet und betreut.

Es gibt Übungseinheiten für Anfänger und Fortgeschrittene: Frauen und Männer jeden Alters. Seltener wird Fitness nur für Frauen angeboten; soll aber besonders viel Spaß und Freude bereiten.

Argumente für ein entsprechendes Training können folgende sein:

-*Fettabbau*, je mehr Muskeln aufgebaut und belastet werden, desto rascher erfolgt der Fettabbau

-*Körperhaltung*, siehe Franklin-Methode (Abschnitt 3.1.1)

-*Schmerzen*, besonders Rückenschmerzen (Linderung bzw. Beseitigung möglich)

-*Belastungen*, im Alltagsgeschehen oder am Arbeitsplatz (Besserung)

-*Fitness/Ausdauer*, durch Aerobic, Zumba (siehe nach folgendem Abschnitt)

-*Gewichtsregulierung*, mittels Trainingsidentität

-*Muskeln*, Zusammenspiel der Muskeln verbessern

Angeboten werden außerdem:

-*Ganzkörperübungen*, bei denen komplette Muskelketten beansprucht werden

-*Kombi-Übungen*, mit leichteren Hanteln (Ganzkörper training)

-*Krafttraining*, mit sogenannter Langhantel, verbunden mit Aerobic

-*Übungen*, mit Power-Ball (Universal-Gymnastikball, platzt nicht)

-*Gruppen-Powertraining*

-*Gruppentraining*, mit Spin-Bikes (Spinning) und Musik
-*Stretching*, Dehnungsübungen
-*Robe-Stretching*, korrekte Dehnübungen in stabiler Lage
-*Gruppen- oder Einzeltraining*
-*Pilates, Qigong (siehe 3.1.1) und Wellness*
-*Vibrations-Training*
-*Massagen*
-*Solarium*, (Gesundheitseffekt strittig, z.B. bei Blut-
hochdruck, während der Schwangerschaft und
außerdem Gefahr von Hautkrebs)
-*Übungen an speziellen Geräten*, die, die Körperhaut
straffen und somit ein jüngeres Aussehen bewirken
können

Anmerkung: Trainieren Sie nach Möglichkeit bei geöffnetem Fenster. Verzichten Sie der Gesundheit zu-
liebe auf Muskelpräparate, denn Eiweiß in gesunder
Nahrung (siehe 2.1) erfüllt einen ähnlichen Zweck.

Zumba (Tanzen)

Der Zumba-Tanz, der 1990 von Alberto Perez in
Kolumbien erfunden und in den Jahren hiernach stetig
weiterentwickelt wurde, ist ein Fitnessprogramm, das
aus einer Mischung von Aerobic und lateinamerikanischen Tanzelementen besteht. Mittlerweile wird
Zumba weltweit betrieben und zählt mit zu den
Trendsportarten. Es gibt nur wenige Sportarten, die
ähnlich viel Spaß, Freude und Zufriedenheit bereiten.
Ich glaube, das liegt nicht nur an der temperamentvol-
len lateinamerikanischen Musik, von der jedes Training begleitet wird; sondern Bewegung und Musik
leisten hierbei gleichermaßen ihren Beitrag.

An Zumba kann -unabhängig vom Alter- so ziemlich jeder teilnehmen, zumal für Anfänger als auch Fortgeschrittene, wenn die jeweiligen Übungsprogramme zur Verfügung stehen. Die Kursleiter tanzen die verschiedenen Schrittfolgen vor und jeder versucht, dies nachzumachen, so gut es geht. Um Verletzungen zu vermeiden, sollte jeder seine eigene Belastbarkeit selbst ausloten. Wem Schmerzen plagen, Herz-, Gelenk- oder Atemprobleme hat, sollte sich im Vorfeld ohnehin ärztlichen Rat einholen und gegebenenfalls die Belastung reduzieren.

Für mich ist Zumba ein gesundheitsförderndes Ganzkörpertraining, das eine Menge Positives bewirkt:

-*Stärkung* des Herz-Kreislauf-Systems, Bauches, der Beine, des Pos und der Arme

-*Fettverbrennung*, je nach Intensität der Übungen

-*attraktiver* aussehende Figur

-*bessere Beweglichkeit und Koordination*

-*allgemeine Stärkung der Muskelkraft*

-*Gewichtsregulierung*, je nach Dauer und Intensität der Belastungen

-*Formen und Festigen* des ganzen Körpers

-*Verbesserung der Ausdauer*

-*Stressabbau*

-*Förderung der „Glückshormone"*

Vereinzelt werden auch Aqua-Zumba im Wasser und Zumba-Tanzen mit kleinen Hanteln angeboten. Letzteres soll die Arm- und Schultermuskeln noch stärker beanspruchen.

Wer sich für Zumba interessiert, muss keine Tanzkenntnisse besitzen. Dennoch sollte bedacht werden, dass Zumba dem Körper viel abverlangt. Zwar werden die Anstrengungen nicht immer sofort wahrgenommen, allein wegen der begleitenden heißen, flotten und rhythmischen Musik, denn hinterher kann durchaus ein Muskelkater auftreten, aber wen stört das schon, bei einer solch partyähnlichen, begeisternden Atmosphäre? Zumba kann zu einem wahren Erlebnis werden.

Zwar ließe sich Zumba zuhause auch alleine ausführen, aber es wäre nie vergleichbar mit der Begeisterung in einer Trainingsgruppe. Genügend Lern-DVDs bietet jedenfalls der Handel an.

Ich kann Zumba nur sehr empfehlen, zumal es dem Wohlbefinden und der Gesundheit ziemlich gut tut.

Laufen

Das Laufen zählt zu den ältesten Sportarten und dient noch heute der Fortbewegung. Gegenüber dem Gehen, wo stets ein Fuß den Boden berührt, gibt es beim Laufen immer ein Abstoßen mit kurzer Flugphase ohne Bodenkontakt, bevor ein Fuß wieder auf dem Boden aufsetzt.

Über das Laufen lässt sich eine Menge berichten, zumal es zahlreiche Laufdisziplinen gibt. Mir geht es natürlich primär nur um das Laufen/Joggen, weil es überwiegend gesundheitsfördernd ist, anstatt um Sprintdisziplinen, Cross- und andere Hindernisläufe, Marathons, sowie Ultraläufe bis weit über die Hundert Kilometer.

Allgemein betrachtet, kann fast jeder mit dem Laufen beginnen, egal, welchen Alters. Vorausgesetzt, dass keine Krankheiten oder körperliche Leiden z.B. Fuß-, Knie-, Hüft- sowie Wirbelsäulenprobleme vorliegen.

In dem Falle sollte unbedingt ärztlicherseits Rat eingeholt werden.

Laufschuhe
Wer gerne laufen möchte, sollte sich vorher fachlich beraten lassen, insbesondere über das richtige Schuhwerk. Hierzu bieten verschiedene Sportgeschäfte eine kostenlose Laufanalyse an, die auf einem Laufband vorgenommen wird. Anhand eines solchen Ergebnisses wird ersichtlich, welche Art von Laufschuhen zu Ihnen passen. Diesen Test kann ich jedem empfehlen.
Bitte sparen Sie keineswegs am Kauf von Schuhen! Die mittlere Preisklasse von qualitativ hochwertigen Laufschuhen liegt bei etwa 80 bis 130 Euro. Oft werden auch Preisnachlässe zwischen 10, 20 oder mehr Prozent angeboten, besonders im Internet. Aber Vorsicht: Nicht alles, was billig angepriesen wird, weist auch gute Qualität auf -lange Lagerbestände, B-Qualität usw.
Vier Arten von Schuhen möchte ich nachfolgend kurz beschreiben:
a) Ganzjahresschuh
b) Trailschuh
c) Wettkampfschuh
d) Natural-Running-Schuh
Wer keine intensiven Wettkämpfe bestreitet, für den ist ein *Ganzjahresschuh* sicher ausreichend. Dieser besitzt meist eine Vorderfuß- und Fersendämpfung sowie zusätzliche Stabilität im Mittelfußbereich. Einen solchen Schuh können Sie beim Training, aber auch bei Volksläufen tragen. Für Bestzeiten ist er indes weniger geeignet.

Ein *Trailschuh* ist bei Glätte (außer auf Eis), Schnee (besonders auf Schneematsch) und in unwegsamem Gelände, z. B. im Gebirge, zu empfehlen. Seine Sohlen weisen ein spezielles Profil auf, das für gute Bodenhaftung und geringe Rutschgefahr sorgt. Entsprechende Schuhe sind atmungsaktiv, mit einer Membran versehen und wasserabweisend. Dabei sind sie jedoch relativ schwer und können etwas kleiner ausfallen, allgemein bis zu zwei Größen. Auch Trailschuhe besitzen in der Regel sowohl eine Vorderfuß- als auch Fersendämpfung.

Der *Wettkampfschuh* besteht aus einem Material, das diesen Schuh spürbar leichter macht. Leider besitzt er dadurch einen wesentlichen Nachteil, er hat keine Dämpfung. Auf weichen Waldwegen wird das kaum zu spüren sein, aber z. B. auf Asphaltstraßen oder anderen befestigten Wegen. Wen Knieprobleme plagen, der merkt den Unterschied eindeutig. In diesem Falle würde ich empfehlen, sich Ledereinlagen zu kaufen, die im Mittelfußbereich durch eine federnde Stahleinlage verstärkt sind. Sie besitzen die Eigenschaft, den Fuß bei jedem Aufsetzen etwas abzufedern. Die Wirkung ist ähnlich einer eingearbeiteten Dämpfung. Der Nachteil besteht darin, dass der Schuh hierdurch um einiges schwerer wird. Speziell orthopädisch gefertigte Einlagen oder auch Fersensilikoneinlagen wären ebenso eine sinnvolle, schmerzlindernde Alternative.

Sie können sich auch *Natural-Running-Schuhe* kaufen, die nach der Barfußmethode entwickelt wurden. Die Sohle ist durchgehend annähernd eben gearbeitet und hat im Fersenbereich nur eine geringe Abrundung. Die

Vorderfußsohle, in die quer bzw. schräg zur Laufrichtung tiefe Kerben eingearbeitet sind, ist sehr biegsam und passt sich, ähnlich wie beim Barfußlaufen, exakt der Bodenform an. Nachteil: In diese Kerben bzw. Rillen setzen sich bisweilen viele Steinchen fest, die den positiven Effekt solcher Schuhsohlen entgegen wirken. Auf befestigtem Untergrund (Asphalt) entfällt dies.

Diese Art Schuhe sind ziemlich leicht, haben im Bereich des Vorderfußes als auch im Fersenbereich keine Dämpfung und sind speziell für Strecken bis annähernd 15 Kilometer recht gut geeignet.

Wer sich solche Schuhe anschaffen möchte, kann beim Laufen nicht mehr über die Ferse zum Vorderfuß hin abrollen. Von nun an gelten nur noch die Laufstile Mittel- und Vorderfußaufsatz. Wer das nicht gewohnt war, sollte sich langsam und systematisch darauf einstellen, damit sich die Bänder, Sehnen und Muskeln daran gewöhnen können, was mehrere Monate dauern kann. Die beiden Laufstile, Mittel- oder Vorderfußaufsatz, können die Kniegelenke als auch die Wirbelsäule spürbar entlasten. Bevor ich hierüber Kenntnis erlangte, war ich leider auch ein Fersen-Vorderfuß-Läufer, allerdings mit sehr akzeptablen Laufzeiten.

Laufkleidung
Je nach Temperatur empfehle ich schweißdurchlässige Unterwäsche. Und tragen Sie nur Laufsocken, die speziell für das Laufen gefertigt wurden. So können Sie Zehen und Fersen vor Blasen oder Entzündungen schützen und die Füße trocken halten. Leider sind sie am oberen Rand meist zu eng. Wer mag, kann auch

knielange Kompressionsstrümpfe tragen. Die sollen nicht nur die Durchblutung fördern, sondern auch Krampfadern entgegenwirken und geringfügig die Schnelligkeit verbessern.

Es gibt kurze, dreiviertellange und lange Laufhosen, sowie bei Kälte unter 0° C auch Thermohosen, die hauteng anliegen. In diesen Hosen sollte zumindest ein kleines Täschchen mit Reißverschluss eingearbeitet sein, wenigstens für den Haus- bzw. Autoschlüssel, was recht zweckmäßig sein kann.

Sport-Shirts werden kurz- und langarmig in vielfältiger Auswahl und aus verschiedenen Materialien angeboten. Zum Hals hin mit Reißverschluss mag ich besonders gerne. Aber es sollte unbedingt echte Laufkleidung sein, insbesondere hinsichtlich des atmungsaktiven, wärmenden Materials.

Laufjacken sollten genauso atmungsaktiv, wind- und wasserundurchlässig sein. Wer das ganze Jahr über läuft, dem wird eine Jacke sicherlich nicht ausreichen.

Vorsicht: Billigkleidung kann aufgrund von entsprechenden Materialien manchmal recht unangenehm riechen, insbesondere, wenn diese Kleidung nass wird, auch durch Schwitzen. Außerdem gehen die Reißverschlüsse meist schneller defekt – dies ist meine persönliche Erfahrung.

Laufbrille
Besonders dann, wenn an warmen und schwülen Tagen ganze Fliegen- oder Mückenschwärme unterwegs sind, die Sonne schräg in das Gesicht scheint, kann eine solche Brille sehr von Nutzen sein.

Laufen für Anfänger und Fortgeschrittene
Natürlich kann jeder alleine laufen. Ich rate jedoch hiervon ab, weil das Laufen in einer Gruppe wesentlich angenehmer und freudvoller sein kann.

Eine Laufgruppe oder ein Lauftreff sollte folgendermaßen strukturiert sein - geleitet von einem Trainer: Bei einer Mitgliederzahl von ungefähr 15 bis 20 Läuferinnen und Läufern halte ich zwei bis drei Laufgruppenbetreuer(innen) für erforderlich. Jeder von ihnen betreut eine Gruppe, je nach Leistungsstärke der Teilnehmenden.

Wenn jemand mit dem Laufen beginnen möchte, sollte, sofern dies möglich ist, zumindest anfangs von einem geschulten und erfahrenen Lauftrainer angeleitet werden, bis derjenige in der jeweils langsamsten Gruppe ohne größere Anstrengungen mit laufen kann. Dies ist ein Moment, auf den jeder sehnsüchtig warten wird.

Das Lauftempo in der Gruppe sollte sich stets nach dem Langsamsten richten. Niemand darf allein zurückgelassen werden. Jeder Betreuer sollte unbedingt ein Handy mit sich führen. Je nachdem, welche Tätigkeit jemand beruflich verrichtet, halte ich ein zwei- bis dreimal wöchentlich stattfindendes Lauftraining für angemessen. Die Trainingsstrecke sollte mindestens 10 Kilometer lang sein. Es reicht vollkommen aus, wenn jeder Kilometer in etwa 6 bis 7 Minuten konstantem Tempo gelaufen wird. In der Regel wird am Anfang zwar langsamer begonnen, was auch Sinn ergibt, aber die Zeit wird nach wenigen Kilometern meist wieder aufgeholt sein. Wer wöchentlich 20 bis 30 Kilometer läuft, kann sich damit zufrieden geben. Mehr Kilometer bedarf es kaum, um sich fit und gesund zu halten. Zu Verletzungen kommt es dann seltener. Vergessen Sie nie, sich vor, aber zumindest nach dem Laufen zu dehnen. Es genügt schon, wenn Sie die Knie zum Brustkorb, die Füße mit der Ferse zum Gesäß hin bewegen und sich an einer Wand oder einem Pfahl schräg mit etwas Spannung abdrücken. Wer möchte, kann natürlich auch weitere Dehnübungen anfügen.

Wenn möglich, meiden Sie Strecken in der Nähe von verkehrsreichen Straßen und befestigten Wegen. Optimal sind Waldwege mit sandigem Untergrund. Bei uns in Wolfsburg können wir mit dem Wegenetz sehr zufrieden sein, denn die Waldwege befinden sich in einem ausgezeichneten Zustand und werden ständig gepflegt. Außerdem sind im Wald zahlreiche Brunnen vorhanden, an denen sich jeder erfrischen kann. Das Laufen in der Natur, somit an der frischen Luft, kann sehr belebend sein.

Wer gerne läuft, läuft natürlich auch regelmäßig, egal, bei welchem Wetter, ausgenommen bei Gewitter und starken Stürmen sowie Krankheiten oder Verletzungen. Ansonsten kann immer gelaufen werden, es ist nur eine Frage der richtigen Kleidung. Falls es sich -aufgrund von Unwettern- im Freien gar nicht laufen lässt, dann kann ein Laufband zuhause sinnvoller Ersatz sein.

Nur stetiges Laufen, halte ich als sportliche Betätigung jedoch keineswegs für ausreichend. Mindestens einmal wöchentlich sollte zusätzlich ein Ganzkörpertraining absolviert werden. Hierfür lautet mein Vorschlag: Pilates, Gymnastik (siehe 3.1.1) oder auch ein Fahrtenspiel-Programm. Genügend Alternativen hierzu wurden im Vorfeld schon genannt – da findet jeder etwas Passendes.

Wer schneller und ausdauernder werden, an Volksläufen oder an Wettkämpfen teilnehmen möchte, der muss allerdings mehr tun, um sein Training zu forcieren. Entweder der Trainingsablauf basiert auf Erfahrung oder Sie richten sich streng nach einem Trainingsplan. Solche Pläne lassen sich im Internet individuell erstellen oder Sie kennen jemanden, der Ihnen einen solchen Plan fertigen kann.

Die häufigsten Verletzungen beim Laufen sind Knieund Fußprobleme, Achillessehnenreizungen, Muskelfaserrisse, Leistenzerrungen und Bandscheibenschäden; eine Körperentsäuerung könnte hier präventiv wirken. Besonders anfällig sind ältere Läufer über 50 Jahre, Läuferinnen seltener, meine persönliche Erfahrung. Sollte schon Knorpel- und Gelenkverschleiß (Arthrose) vorliegen, die Schmerzen nicht mehr weggehen bzw. dauerhaft zu spüren sein, dann könnten Nordic Walking, Power Walking, Wandern, Radfahren oder Schwimmen eine sinnvolle Alternative sein.

Nehmen Sie vor dem Training nur eine leicht verdauliche Nahrung zu sich, ungefähr 2 Stunden vorher -eine Scheibe Brot, mit Butter und Honig bestrichen, eventuell auch eine Banane aufgedrückt, oder eine kleine Menge Frischkorn- bzw. Haferflockenbrei/Müsli, eventuell auch nur ein bis zwei Bio-Bananen kurz vor dem Laufen, die langen bei mir vollkommen aus. Schwer verdauliche Nahrung z. B. belegte Wurstbrote oder deftige Warmspeisen sollten kurz vor dem Laufen vermieden werden. Nehmen Sie reichlich Flüssigkeit zu sich, mindestens 2 Liter verteilt auf den Tag, am besten kohlensäurefreies Mineralwasser, Kräutertees oder etwas Ähnliches. Vor dem Laufen reicht dann meist ein kleiner Schluck Mineralwasser aus.

Runter von der Couch – auf geht's!

Walking/Nordic Walking/Power Walking

Das Wort Walking stammt aus dem Englischen und heißt so viel wie Gehen. Nordic Walking ist eine dynamische Fortbewegungsart, die aus Skandinavien stammt und dazu dienen sollte, auf schneeglattem Untergrund mit Hilfe von Stöcken eine bessere Balance zu erlangen. Walking ist nahezu für jeden geeignet, unabhängig vom Alter.

Wer noch nie oder bis dato kaum Sport getrieben hat, für den eignet sich Walking für den Neueinstieg besonders gut – zumal die Anstrengungen, die hierbei aufkommen können, je nach Schrittfrequenz und -länge, weniger belastend sind als bei vielen anderen Sportarten. Bevor Sie aber mit Walking beginnen, empfehle ich Ihnen, bei einem Sportarzt einen Leistungsscheck durchführen zu lassen.

Die fünf wesentlichen Walkingarten, die in Deutschland weit verbreitet sind:

- Walking ohne Stöcke
- Nordic Walking mit Stöcken
- Walking mit kleinen Hanteln
- Aqua Nordic Walking und
- Powerwalking.

Walking ohne Stöcke ist vergleichbar mit schnellem Wandern bzw. Spazierengehen. Hierbei fehlt allerdings die intensivere Belastung des Oberkörpers. Zwar wer-

den die Arme abwechselnd vor und nach Hinten ge-
schwungen, was zu einer besseren Bewegung führt,
besonders bei Schultern und Teile des Rückens, aber
meistens ohne spürbare Anstrengung.

Bei *Nordic Walking* wird natürlich der Oberkörper ef-
fektiver belastet als beim Walking ohne Stöcke, was
wiederum das Herz-Kreislauf-System stabilisiert, die
Fettverbrennung im Körper anregt, die Muskelkraft,
Ausdauer und Fitness steigert und somit für Entspannung und allgemeines Wohlbefinden sorgt. Die Stöcke
können sogar recht hilfreich sein, insbesondere bei
Gelenkproblemen im Kniebereich. Leider stören
manchmal die Stockgeräusche, sofern sie unten keine
Gummifüße besitzen. Aber die Einsicht und Vernunft
scheint sich immer mehr durchzusetzen.

Wer intakte Gelenke hat, dem empfehle ich *Walking
mit zwei kleinen Hanteln*, die leichteren für Frauen und
die schwereren für Männer. Die Gewichte belasten
zwar die Gelenke etwas mehr, kann aber, statt mit Stöcken, sehr viel wirksamer sein – je nachdem, welches
Gewicht die Hanteln besitzen. Alleine schon hiermit
lässt sich die Belastung variieren. Wenn Sie dann noch
flott gehen, im Gleichklang mit den Armen, kann es
sogar ziemlich anstrengend sein.

Aqua Nordic Walking möchte ich nicht unerwähnt lassen. Diese Art Walking eignet sich hervorragend als
Reha-Maßnahme nach bestimmten Verletzungen wie
Knie-, Hüft- und Wirbelsäulenleiden, ebenso für übergewichtige Personen u. a.

Aqua Nordic Walking wird in Becken mit zirka 1,40 m Wassertiefe im gut erwärmten Wasser ausgeführt. Es ähnelt sehr dem Walking im Gelände. Die hierbei verwendeten Stöcke sind allerdings eine patentierte Spezialanfertigung und gegangen wird auf den Vorderfüßen, natürlich stets nur mit Wasserschuhen, wegen der Rutschgefahr. Die Gelenke werden bei Aqua Nordic Walking nur geringfügig belastet, dank des massageähnlichen Wasserdruckes auf den Körper.

Powerwalking ist sicherlich für diejenigen gedacht, die an ihre Leistungsgrenzen stoßen möchten und denen normales Walking kräftemäßig zu wenig abverlangt. Inzwischen gibt es noch weitere Arten von Powerwalking, auf die ich nicht näher eingehen möchte, weil gewiss noch mehr hinzukommen werden.

Zwei wesentliche Merkmale prägen diese Art: Steigerung der Schnelligkeit und Belastung mit Gewichten. Was die Geschwindigkeit anbelangt, können die Schrittfrequenz, die Schrittlänge oder beides gleichzeitig moderat gesteigert werden. Sollten Schmerzen oder Atemnot auftreten, dann gehen Sie ein, zwei Stufen zurück. Achten Sie auf die korrekte Technik. Bei jeder Schrittfolge müssen die Füße in Gehrichtung, nicht nach Innen oder Außen zeigen. Mit der Verse kommt der Fuß auf und rollt nach Vorne ab, wobei mit dem Vorderfuß mehr oder weniger kraftvoll abgestoßen wird. Üben Sie das so lange bis es dauerhaft funktioniert.

Mit Gewichtsmanschetten an den Beinen oder Armen lässt sich die Belastung ebenfalls steigern. Aber bitte nicht übertreiben!

Anmerkung: Vor jedem Training einige Minuten aufwärmen und Dehnen. Oder alternativ- mit Walken langsam beginnen und dann allmählich die Geschwindigkeit erhöhen.

Walking kann viel Spaß und Freude bereiten, besonders in einer Gruppe und inmitten der Natur. Trainieren Sie das ganze Jahr, im Sommer wie im Winter, nach Möglichkeit drei bis viermal wöchentlich. Die Strecke kann bei konstanter Geschwindigkeit durchaus zehn oder mehr Kilometer betragen.

Achten Sie dabei auf die richtige Technik. Allgemein wird ein sogenannter *Diagonalschritt* angewendet, den Sie, besonders in einer Gruppe, rasch erlernen können. Wenn z.B. das rechte Bein nach vorne, gleichzeitig der rechte Arm/Stock nach hinten, gehen das linke Bein nach hinten sowie der linke Stock nach vorne. Bei dieser Wechselfolge sollte der Oberkörper nur leicht nach vorne gebeugt sein und die Stöcke dürfen nicht zu weit vor dem Körperschwerpunkt aufgesetzt werden. Die korrekte Ausführung ist wichtig.

Um die für Sie passende Stocklänge auszuwählen, lassen Sie sich fachlich beraten. Die Bekleidung sollte sowohl bequem als auch atmungsaktiv sein. Für Walking gibt es spezielle Schuhe, die etwas höher und stabiler als Laufschuhe sind, um die Fußgelenke sicher zu fixieren. Die Schuhe sollten ebenso atmungsaktiv und gut gedämpft sein.

Die meisten jungen Menschen interessieren sich kaum für Walking. Vielleicht, weil sie glauben, das sei ein Sport nur für alte und kranke Leute, was keineswegs zutrifft. Allgemein wird ab zirka 30 Jahren mit Walking begonnen und ab zirka 50 Jahren steigt das Interesse relativ stark an. Noch sind die Walking-

Frauen weit in der Überzahl, was nicht zu übersehen ist. Männer scheinen ehr feige zu sein, obwohl das kein typischer Frauensport ist. Ihnen fehlt einfach nur der Mut hierzu.

Speedhiking

Speedhiking oder Speed-Hiking ist eine athletische Form des Wanderns, ähnlich dem Nordic Walking, aber wesentlich flotter und anstrengender, quasi ein schnelles Gehen mit Stöcken in mehr oder weniger anspruchsvollem Gelände, auch im Hochgebirge, in leichter und bequemer Kleidung. Dies ist eine neue Trendsportart aus den USA für diejenigen, die schneller und athletischer wandern bzw. walken möchten.

Wer beim Laufen Knieschmerzen verspürt und beim Gegen nicht, der sollte es einmal mit Nordic Walking bzw. Speedhiking versuchen. Dies sind Alternativen, bei denen die Gelenke weniger beansprucht werden als beim Laufen. Einen Versuch ist es allemal wert.

Zwar kommt dieser Sport besonders im Gebirge zur Entfaltung, aber Speedhiking ist auch in flachem und hügeligem Gelände möglich, dort sollte man einfach schneller gehen.

Wer Speedhiking ausprobieren möchte, sollte auf alle Fälle physisch und psychisch fit sein, um gesundheitliche Schäden zu vermeiden. Darum möchte ich jedem empfehlen, vorher einen ärztlichen Sport-Check durchführen zu lassen. Denn beim Speedhiking kann man schnell an die körperlichen Grenzen stoßen. Wenn beim Wandern der Puls auf etwa 140 steigen kann, sind beim Speedhiking durchaus Pulsschläge von mehr als 200 möglich. Deshalb ist bei diesem

Sport größte Vorsicht geboten und niemand sollte hierbei übertreiben.

Wer eine Tour plant, das können auch mehrere Tagesetappen sein, der sollte die Streckenlängen sowie das angestrebte Tempo je nach Geländebeschaffenheit realistisch einschätzen. Dazu gehört schon einiges an Erfahrung.

Dieser Sport ist an kein Alter gebunden. Jeder, der genügend Leistungsfähigkeit besitzt, kann ihn betreiben. In einer Gruppe wie schon mehrfach erwähnt, kann es wesentlich angenehmer und freudvoller sein als alleine. Was ich besonders gut finde, ist, wenn Eltern mit ihren Kindern, einschließlich mit Oma und Opa gemeinsam trainieren würden. Den Kinder bereitet so etwas gewiss viel Spaß. Bezüglich der Belastbarkeit in einer Gruppe, die recht unterschiedlich sein kann, sollte sich die betreuende Person stets am Schwächsten orientieren.

Legen Sie Wert auf gute Ausrüstung: Kleidung, Schuhe, Stöcke und Rucksack. Für Speedhiking gibt es extra leichte Schuhe. Sie sind im Schaft höher als Laufschuhe, stabilisieren die Füße und schützen vor dem Umknicken. Insgesamt sind diese Schuhe recht robust und überdies mit einem griffigen Sohlenprofil ausgestattet. Die Schuhe sollten bequem und nicht zu eng sein, um Druckstellen oder Blasenbildung zu vermeiden. Genauso rate ich zu einer guten Fußpflege: Zehennägel kurz halten, Hornhaut beseitigen, z.B. mittels einem speziellen Talg-Fett oder einer Raspel und bestimmte Druckstellen abkleben. Wer möchte, kann seine Beine zusätzlich noch mit einem Massageöl einreiben und ein wenig massieren, damit die Muskeln geschmeidiger werden.

Wer gut durchtrainiert ist und ziemlich schnell und stark belastbar gehen will, kann auch entsprechende Halbschuhe anziehen. Das ist jedem selbst überlassen. Auch die übrige Kleidung sollte für Speedhiking gut geeignet sein, leicht, bequem, atmungsaktiv und Schutz vor Wind und Nässe bieten.

Bei den Stöcken, die eine besondere Stabilität und Länge aufweisen müssen, ist eine fachliche Beratung unerlässlich. Die bekommen Sie in fast allen Sportgeschäften. Zerbricht ein Stock, kann das ziemlich problematisch werden, insbesondere im Hochgebirge. Deshalb sollte ein ausziehbarer Ersatzstock keineswegs fehlen.

Der Rucksack kann klein und leicht sein. Hauptsache, es lässt sich alles darin verstauen, was für eine Tour benötigt wird: Getränke, Proviant, evtl. eine wärmende Jacke, je nach Wettervorhersage, Verbandzeug u. a. Ein Handy sowie ein GPS-Gerät können bei Notfällen recht hilfreich sein und sollten niemals fehlen.

Und je nach Belastung auf der Strecke, wobei auch die Temperatur entscheidend sein kann, sollte zirka alle 30 Minuten etwas getrunken und ungefähr nach einer Stunde ein wenig gegessen werden.

Bei Schmerzen oder Erschöpfung rate ich, das Training abzubrechen. Entweder alle kehren wieder um oder wenigstens einer begleitet den Erschöpften bzw. Verletzten bis zum Ausgangspunkt. Bei Touren abseits von ausgeschilderten Wegen ist eine gute Orientierungsfähigkeit erforderlich. Da helfen Karten oder Navigationsgeräte kaum.

Vorzüge durch Speedhiking:

-fördert die Ausdauer
-stärkt das Herz-Kreislauf-System, die Muskelkraft, das Selbstbewusstsein, die Psyche und den Willen
-belastet die Kniegelenke und die Wirbelsäule geringer als etwa beim Grosslaufen
-sorgt innerhalb der Gruppe für Zusammenhalt und Teamgeist
-kann als Aufbautraining für Skilanglauf (siehe Unterkapitel 3.1.2) und andere Sportarten dienen.

Wandern

Wie ist der Unterschied zwischen Wandern und Spazierengehen zu definieren? Ich will es mal wie folgt versuchen: Unter *Spazierengehen* verstehe ich, kurze Strecken ohne Vorbereitung zu gehen, die kaum länger als zwei Stunden dauern und worüber spontan entschieden wird, z.B. um frische Luft zu atmen, das sonnige Wetter zu genießen, zur Verdauung üppiger Mahlzeiten oder um einfach abzuschalten. Ein Stadtbummel kann es auch sein.

Beim *Wandern* werden hingegen längere Strecken zurückgelegt, die vorher geplant werden müssen. Eine Wanderung kann zwei Stunden, aber auch einen oder mehrere Tage dauern. Gewandert wird allgemein in der freien Natur. Dabei wird ein Mindesttempo zurückgelegt, das etwa 5 km/h beträgt.

Wandern kann so ziemlich jeder, ob alleine, in einer Gruppe, mit Freunden oder mit der ganzen Familie – es sei denn, jemand ist hierzu nicht imstande, aufgrund körperlicher Leiden, Verletzungen, bestimmter Krankheiten usw. Es ist eine natürliche menschliche Art, sich fortzubewegen. Gleichzeitig ein Training für

Körper, Geist und Seele, wobei der gesundheitliche Effekt durchaus beträchtlich sein kann: So werden die Gelenke, insbesondere die Wirbelsäule (Bandscheiben), der Gelenkknorpel, die Bänder, Sehnen gestärkt sowie das Immunsystem und der Stoffwechsel gefördert. Wer viel wandert, ist seltener erkältet. Man fühlt sich einfach wohler, entspannter und ausgeglichener.

Heutzutage gibt es *Weitwandern, Fernwandern und Trekking.* Die Unterschiede möchte ich kurz erläutern: Das Weitwandern bezieht sich auf eine lange Strecke, ab 40 /50 km etwa, was einen oder mehrere Tage in Anspruch nehmen kann, mit Übernachtungsmöglichkeiten entlang der gewählten Route, die stets zum Ausgangspunkt zurückführt.

Das Fernwandern weist ebenfalls eine lange Strecke auf, mit entsprechenden Übernachtungen unterwegs, die zu einem bestimmten Ziel führt. Im Unterschied zum Weitwandern wird man jedoch vom Ziel abgeholt oder es geht mit öffentlichen Verkehrsmitteln zurück bzw. nach Hause. Wer auf dem ganzen Jakobsweg entlang wandert, der wird diese Strecke niemals wieder zurückgehen wollen. Dafür ist dieser Pilgerweg (annähernd 800 km) viel zu lang.

Trekking ist auch ein Weitwandern, jedoch meist abseits von markierten, beschilderten Wegen, überwiegend querfeldein mit bestimmter Richtung und Zielvorstellung. Um die Orientierung zu behalten, wird es nur mit Karte, Kompass und GPS-Gerät gehen. Letzteres gilt auch für den Notfall, um gegebenenfalls geortet zu werden.

Zum Wandern allgemein gehören leichte, bequeme und wetterfeste Kleidung, spezielle Schuhe und ein Rucksack. Gutes Schuhwerk ist sehr wichtig. Die

Schuhe sollten bei längeren Touren nicht neu sein, um Blasenbildung zu vermeiden, ein Sohlenprofil aufweisen, was den Schuh griffig und rutschsicher macht. Es sollte ein stabiler, hoher Schuh bis über die Knöchel sein, der ein Wegknicken verhindert. Wenn er zudem atmungsaktiv und wasserdicht ist, dann sollte eigentlich alles in Ordnung sein. Zumal durch schlechtes Schuhwerk die meisten Unfälle passieren, besonders im Gebirge (Erkenntnis der Bergrettungsdienste).
Inzwischen gibt es zahlreiche Wanderarten, die zur Auswahl stehen:
-*Bergwandern,* von Gebirgshütte zu Gebirgshütte
-*Sportwandern,* die Strecken können 30 bis 40 km
 oder Marathonlänge (42,195 km) betragen
-*Nachtwandern,* besonders schön bei Vollmond
-*Barfußwandern,* möglichst für Personen, die es
 gewohnt sind
-*Nacktwandern,* auf ausgesuchten Wegen, die kaum
 frequentiert werden
-*Winterwandern,* auf schneegeräumten Wegen
-*Wallfahrten,* auf Pilgerwegen (z. B. Jakobsweg)
-*Wandern ohne Gepäck,* mit Verpflegungsstellen
 unterwegs

Die *Pfadfinder* nennen Wandern „auf Fahrt gehen". Das dauert meist eine Woche oder länger. Für Kinder und Jugendliche finde ich diese Organisation sehr interessant, lehrreich und empfehlenswert. Ansprechpartner finden Sie im Internet, beim Deutschen Pfadfinderverband oder in einem Pfadfinder-Verein in näherer Umgebung.

Wer wandern möchte, kann das in freier Natur fast überall tun. An Möglichkeiten fehlt es nirgends. In

Deutschland, aber auch in vielen anderen Ländern, existieren Wanderwegenetze, die kreuz und quer über das ganze Land verteilt und in der Regel auch gut markiert sind. Die schönsten Landschaften, mit naturbelassenen oder zum Wandern extra präparierten Wegen, gehören natürlich dazu. An dieser Stelle möchte ich einen bekannten Wanderweg nennen, den wunderschönen Rennsteig im Thüringer Wald, mitten im „grünen Herzen" Deutschlands. Wer dort einmal gewandert ist, vergisst dieses Erlebnis wohl kaum. Des Weiteren existieren noch viele anderen, ähnlich reizvollen Wanderwege in unserem Land.

Immer öfter hat es den Anschein, dass auch junge Menschen freudvoll wandern gehen. Dabei können sie die Natur in vollen Zügen genießen. Nehmen Sie zum Wandern genügend Getränke und Proviant mit. Trinken Sie möglich in kurzen Abständen. Denn wer schwitzt, muss auch genügend trinken, um die körpereigenen Wasserspeicher wieder aufzufüllen. Schützen Sie sich vor Sonnenbrand und Insektenstichen. Nehmen Sie entsprechende Cremes und Lotionen mit.

Zur Ausrüstung gehören Verbandszeug sowie ein Handy. Denken Sie zudem an einen Regenschutz, genauso an einen Schutzhelm für das Gebirge, der vor Steinschlag schützt. Wer möchte, kann einen bzw. zwei geeignete, ausziehbare Wanderstöcke mitnehmen. Sie entlasten die Gelenke und stabilisieren das Gehen.

Wer höchstens einmal in der Woche wandert, sollte im Idealfall eine weitere Sportart betreiben, z.B. Pilates, Qigong oder die Franklin-Methode (siehe 3.1.1).

Radfahren

Über Radfahren muss nicht ausführlich geschrieben werden, das dürfte allgemein bekannt sein. Auch Radrennen, wovon es mehrere Disziplinen gibt, z.b. Einzel- und Etappenrennen, Zeitfahren, Sechs-Tage-Rennen in einer Halle, Mountainbike-Rennen und Kunstradfahren, möchte ich hier nur am Rande erwähnen.

Stattdessen möchte ich zum alltäglichen Radfahren einige Tipps geben:

-Pflegen Sie Ihr Fahrrad, dazu gehören das regelmäßige Reinigen und Einölen der Fahrradkette, ggf. auch der Gangschaltung, sowie eine Naben-, Speichen- und Felgenreinigung.

-Der Rahmen eines Tourenrades sollte etwas größer als bei einem Sportrad sein.

-Der Sattel muss so hoch montiert werden, dass beim tiefsten Punkt der Pedale das Bein noch ein wenig angewinkelt ist. Des Weiteren soll er bequem und im richtigen Winkel eingestellt sein – aus anatomischen Gründen (sonst Schmerzen, Fehlstellung).

-Der Lenker könnte seitlich etwas gebogen und so mit der korrekten Körperhaltung exakter angepasst sein. Der höchste Punkt der Pedale und die Halswirbelsäule sollten etwa eine senkrechte Linie darstellen.

-Eine spezielle Dämpfvorrichtung (Stoßdämpfer) unter dem Sattel und über dem Vorderrad kann ich erfahrungsgemäß nur sehr empfehlen, weil hierdurch die Gelenke und besonders die Wirbelsäule im Wesentlichen entlastet werden.

-Benutzen Sie Fahrradmäntel, die ein griffiges Profil aufweisen, nicht zu schmal wie bei Rennrädern sind und eine spezielle Innenwandverstärkung besitzen, zum besseren Schutz vor Glasscherben und anderen spitzen Gegenständen.

-Prüfen Sie ab und an die Bremsen, falls erforderlich, dann sofort nachstellen oder die Bremsgummis erneuern.

-Fahren Sie bei Dunkelheit stets mit guter und intakter Beleuchtung, natürlich vorne und hinten am Rad.

-Nehmen Sie bei längeren Touren Pannenzeug mit. Eine Luftpumpe und ein Erste-Hilfe-Set sollten Sie immer dabei haben.

-Fahren Sie ständig mit einem Schutzhelm, auch als Vorbild für Kinder.

-Nehmen Sie stets auf langen Strecken ein Handy, eine Radtourenkarte und eventuell ein GPS-Gerät zur etwaigen Ortung mit.

Mit einem Fahrrad werden im Durchschnitt etwa 15 km/h gefahren, schätze ich mal. Bei einem solchen Tempo, es kann auch um einiges schneller oder langsamer sein, dient das Radfahren überwiegend der Gesundheit. Schließlich gilt normales Radfahren als recht gesund, zumal es das Herz-Kreislauf-System stärkt.

Die richtige Kleidung sei jedem selbst überlassen, schließlich ist es auch eine Kostenfrage. Radfahrerhosen sind bei längeren Touren bequemer, genauso wetterfeste Funktionskleidung. Aber es gibt auch ähnliche Kleidung, die preiswerter sein kann und fast denselben Zweck erfüllt. Eine wasserdichte Hose und Jacke sollten bei längeren Touren niemals fehlen, falls Regenschauer zu erwarten sind.

Nehmen Sie genügend Getränke und Proviant mit. Trinken Sie unterwegs oft und reichlich. Entsorgen Sie Müll und Unrat umweltfreundlich.

Radfahren wird meines Erachtens immer beliebter; entweder als Radwandern alleine oder in einer Gruppe, sowie Trekkingtouren und Urlaub mit dem Fahrrad.

Ein Urlaub mit dem Fahrrad, ganz ohne PKW-Stress und Autobahnstaus, kann sowohl sehr erholsam als auch erlebnisreich sein. Manche Urlauber suchen sich ein besonders schönes Urlaubsziel aus, fahren entweder mit dem Auto oder der Bahn dorthin, nehmen ihre Fahrräder mit oder leihen solche vor Ort aus und fahren während des ganzen Urlaubs nur noch mit den Rädern. Dann müssen Sie kaum Ausrüstung mitnehmen wie beim Radwandern (Zelt, Luftmatratze, Schlafsack usw.).

Vom Radwandern ohne Begleitung würde ich abraten, nicht nur aus Sicherheitsgründen, sondern weil es meines Erachtens weniger Freude bereitet. Zusammen mit Familienangehörigen, Freunden oder Bekannten kann es angenehmer und erlebnisreicher sein. Keiner ist hierbei an streng vorgegebene Regeln gebunden. Spontane Änderungen des Streckenverlaufs, längere Rast an reizvollen Stellen, genügend Zeit zum Filmen und Fotografieren sind eigentlich jederzeit möglich bzw. gegeben.

Radtouren in einer Gruppe, wo alles genau geplant ist, bieten hingegen weniger Freiheiten und Flexibilität. Der Ablauf der Tour ist dann exakt vorgegeben, d. h. auch, wo eine Rast eingelegt, wie weit gefahren und wo übernachtet wird. Es gibt Vor- und Nachteile bei solchen Gruppenfahrten. Dennoch kann eine solche Fahrt ähnlich angenehm und erholsam sein.

Trekking-Touren finden meist nur im Gebirge statt und können sehr anstrengend sein. Wer eine solche Tour plant, sollte körperlich und seelisch in bester Verfassung sein. Ein Trekking-Fahrrad ist besonders stabil, um auch große Lasten und schlechte Wegstrecken auszuhalten. Langweilig wird eine solche Tour kaum sein. Oft gibt es viel Interessantes zu sehen und zu erleben, was Sie nie vergessen werden. Wem das Spaß und Freude bereitet, der soll das tun.

Wer viel und oft mit dem Fahrrad unterwegs ist, schont zugleich die Umwelt. Außerdem sparen Sie viel Geld, wenn Sie Ihr Auto hin und wieder zu Hause stehen lassen oder ganz darauf verzichten.

Schwimmen

Ist eine der gesündesten und beliebtesten Sportarten, die wir kennen. Denn im warmen Wasser fühlt sich so ziemlich jeder Mensch wohl. Hierbei spielt das Alter kaum eine Rolle. Sogar Babys scheinen warmes Wasser angenehm zu empfinden. Denn sie planschen und spielen gerne in diesem Element.
Gesundheitlich bietet Schwimmen eine Reihe von Vorzügen:
-stabilisiert das Herz-Kreislauf-System, trainiert und
  stärkt den Herzmuskel
-verbessert die Atmung und Lungenfunktion, kann

Asthmakranken helfen – aber Vorsicht bei zu stark gechlortem Wasser, dann sofort darauf verzichten

-geringere Belastung der Gelenke

-kann therapeutisch recht positiv bei Knie- und Rückenproblemen wirken

-beugt Venenleiden vor oder verringert solche, kann vor Thrombose und Krampfadern schützen, fördert die Elastizität der Venen, lässt sie glatter als auch geschmeidiger werden, besonders deren Innenwände, um zu verhindern, dass sich dort Ablagerungen fest setzen

-stärkt das Immunsystem, man wird abgehärteter

-durch den Wasserwiderstand und -druck werden nahezu sämtliche Muskeln massiert als auch gestärkt

-fördert Ausdauer und Fitness

-beugt Haltungsschäden vor

-entspannt den Körper und verringert Stress

-gut für Übergewichtige, die sonst keinen anderen Sport betreiben können oder möchten, denn Schwimmen wäre fast immer eine sinnvolle Alternative.

Wer akut erkältet ist und Fieber hat, sollte indes auf Schwimmen verzichten. Ebenso rate ich jeden, bei stärker gechlortem Wasser unbedingt eine entsprechende Schutzbrille zu tragen. Scheuen Sie sich nicht, vor und nach dem Schwimmen möglichst kalt zu duschen. Daran kann man sich gewöhnen. Wer noch nicht schwimmen kann, sollte es unbedingt erlernen, auch hierfür ist niemand zu alt. Es gehört nur etwas Mut dazu. Wer will, kann es auch allein in seichterem Wasser versuchen, dies führt jedoch nicht immer zum Erfolg. Vernünftiger wäre, einen Kurs bei einem Bademeister bzw. Schwimmlehrer zu absolvieren, somit erlernen Sie gleich die korrekte Technik. Wer perfekt schwimmen kann, empfindet mehr Spaß und Vergnügen hieran. Wenn Sie erstmal richtig schwimmen können, verlernen Sie es nie mehr.

Gehen Sie niemals alkoholisiert ins tiefe Wasser, zumal das durchaus lebensgefährlich sein kann.

Brustschwimmen ist die häufigste Form, um sich im Wasser fortzubewegen. Kraul-, Rücken- und Schmetterlingsschwimmen sind hingegen wesentlich anstrengender, nicht jeder beherrscht sie.

Das Wasser in öffentlichen Frei- und Hallenbädern sowie in Swimmingpools wird mehr oder weniger gechlort, um es keimfrei zu halten. Bakterien und Viren werden somit abgetötet, das Wasser wird quasi hygienischer. Dies hat allerdings den Nachteil, dass es die Atemorgane sowie Haut und Augen schädigen kann. Allerdings kaum, wenn ich nur einmal wöchentlich kurze Zeit baden gehe, aber bei häufigerem Baden wäre ich allemal besorgt.

Eine Alternative wären Ozon-Hallenbäder, die es hier und da in Deutschland noch geben könnte. Dort wird das Wasser nur durch Zugabe von Ozon desinfiziert, wodurch es keimfrei wird. Allerdings kann es auch hierbei zu Atemproblemen wie beim Chloren kommen, sofern das Mischverhältnis den Vorschriften widerspricht . Um so etwas zu vermeiden, werden heutzutage vereinzelt auch spezielle Wasseraufbereitungsanlagen benutzt, die das Wasser mit weniger Chemikalien keimfrei halten.

In der Schweiz zum Beispiel wird das Wasser in einigen Hallenbädern nachts mittels Ozon von Bakterien und Viren befreit. Anschließend wird das Ozon durch Filter wieder entfernt. Wenn die ersten Badegäste kommen, dann befindet sich das Wasser in einem gesunden Zustand. Neu ist in der Schweiz, vielleicht auch in Deutschland, dass Betreiber kleinerer Hallenbäder das Wasser mit ultraviolettem Licht desinfizieren (konnte ich in einigen Medienberichten lesen). Solche Methoden sind jedoch wesentlich teurer als das Chloren und somit gehören sie wahrscheinlich nur zu den Ausnahmen.

Daneben gibt es sicherlich genügend Badestrände, Seen und Flüsse, wo sich das Wasser mehr oder weniger biologisch selbst reinigt und sich somit in einem guten Zustand befindet. Dort, wo das Wasser regelmäßig kontrolliert wird, eine akzeptable Badequalität besitzt, wäre kaum was Negatives einzuwenden. Aber muten Sie sich keineswegs zu viel zu. Vermeiden Sie lieber gefährliche Situationen wie: Untiefen in Baggerseen, Wasserstrudel, Schlingpflanzen, Schiffsverkehr u. a.

Schützen Sie Ihre Haut unbedingt vor einem Sonnenbrand. Tragen Sie stattdessen luftige und helle Kleidung, anstatt sich ganz bzw. teilweise im nackten Körper bräunen zu lassen oder cremen sie sich ausreichend mit einem Sonnenschutzmittel ein. Wer sich zu lange und ungeschützt den UV-Strahlen aussetzt, gefährdet seine Gesundheit, eventuell sogar durch Hautkrebs. Außerdem altert die Haut wesentlich schneller. Wer möchte das schon?

In Notfällen ist jeder zur *ersten Hilfe* verpflichtet. Entweder Sie retten die Person selbst vor dem Ertrinken oder Sie holen rasch Hilfe herbei. Bringen Sie sich dabei jedoch nie selbst in Lebensgefahr.

Wer Schwimmen als Freizeit- oder Breitensport betreibt, der darf sich auch körperlicher Fitness erfreuen.

Skilanglauf (klassisch)

Wer einen wunderschönen Wintersport betreiben möchte, dem kann ich klassischen Skilanglauf empfehlen. Für den Winter gibt es wohl kaum eine bessere Sportart. Sie bekommen nicht nur Ganzkörper-Fitness, sondern können auch die märchenhafte, verzauberte Winterlandschaft bestaunen. Da kommen Ihnen keine Alltagssorgen mehr in den Sinn. Wer das nicht glaubt, kann es ja auszuprobieren.

Vielleicht fragen Sie sich, weshalb ich hier nur klassischen Skilanglauf empfehle. Weil es seit Urzeiten ein auf den Menschen abgestimmter, natürlicher Bewegungsablauf ist. Hierbei erfolgt weder eine Verdrehung der Gelenke, noch eine Überbeanspruchung von Sehnen und Bändern wie es beispielsweise bei der alpinen Skiabfahrt sowie beim Snowboarding oder Skating der Fall ist.

Die letztgenannten Wintersportarten können zwar viel Vergnügen bereiten, aber gesundheitsfördernd sind sie keineswegs. Denn in jungen Jahren denkt kaum jemand an die Gefahren, die im Alter auftreten können; z.B. akute Schmerzen in den Knien, den Hüftgelenken und der Wirbelsäule, meist in Form von Arthrose. Mir ist diese Problematik hingegen bekannt, deshalb verzichte ich gerne darauf.

Der klassische Stil wird in der Regel in einer Loipe von zwei oder mehr erzeugten Spuren gefahren. Während es im Volksmund Skilanglauf heißt, nennen es Experten schlicht „Fahren". Man fährt oder gleitet dabei über den Schnee.

Wer diese Sportart betreiben möchte, dem sei Folgendes gesagt: Klassischer Skilanglauf lässt sich relativ leicht erlernen, ohne jegliche Altersbegrenzung. Am Anfang mag es zwar schwierig sein, die Balance auf den Skiern zu halten und die Stöcke technisch korrekt einzusetzen, aber schon nach wenigen Tagen wird dies zur Routine werden.

Bevor Sie Skier und Stöcke kaufen oder zur Probe erst einmal ausleihen, lassen Sie sich fachlich gut beraten. Die klassischen Skier sind etwas länger und die Stöcke kürzer. Bei den Skating-Skier und Stöcken ist das genau umgekehrt, weil beide Skiarten unterschiedliche Bewegungsabläufe aufweisen. Vorn und hinten unter den Skiern sind die Gleitzonen und in der Mitte befindet sich die Steigzone. Der Bereich der Steigzone kann glatt oder schuppenförmig sein, wobei der Schuppenski in der Steigzone ohne Wachs auskommen kann. Ich habe diesen Bereich dennoch mit einem speziellen Spray behandelt, damit sich kein Schnee bzw. Eis in den Rillen festsetzen kann. Dagegen muss der glatte Steigbereich mit Steigwachs, quasi Hart- oder Weichwachs behandelt und dieses mit einem extra speziellen Stück Kork gleichmäßig verteilt werden. Normalerweise langt ein einmaliges Wachsen je Trainingseinheit oder Wettkampf aus, es sei denn, die Strecke ist ziemlich lang, vereist oder es wurde das falsche Wachs ausgewählt. Das Hartwachs ist für kristallinen Schnee und das Weichwachs (Klisterwachs) für nassen und vereisten Schnee geeignet. Auf die Gleitzonen wird Warm- oder Kaltwachs aufgetragen, was aus einer Art Bienenwachs besteht. Das Warmwachs wird hinterher aufgebügelt, damit eine glatte Oberfläche entsteht, und das Kaltwachs aufgesprüht bzw. aufgetragen. Bei beiden Verfahren werden diese Skiflächen hinterher mit einem Synthetiktuch, evtl. einem alten Nylonstrumpf, glatt poliert.

Zum richtigen Wachsen gehört einiges an Erfahrung dazu. Sogar manche Spezialisten können die Skier mal verwachsen, daher bitte jemanden fragen, der hiervon genügend Ahnung hat. Damit das Klisterwachs im Bereich der Steigzone während der Gleitphase beim Fahren nicht bremst, ist der Ski in der Mitte gewölbt. Er haftet nur am Schnee an, wenn beim Steigen Druck auf den Ski ausgeübt wird – so soll es auch sein. Dafür gibt es extra verschiedene Spannungsstärken im Mittelstück der Ski, je nach Gewicht des Läufers.

Lassen Sie die Skibindung unbedingt von einem Fachmann montieren. Meist geschieht das als Serviceleistung. Denn die Bindung muss nach bestimmten Kriterien, die ein Laie kaum kennt, angebracht werden.

Für den Skilanglauf gibt es speziell gefertigte Schuhe. Entweder die Schuhe passen zu der Skibindung oder die Bindung passt zum Schuh. Am besten kaufen Sie die kompletten Skier und die Langlaufschuhe im selben Fachgeschäft oder Sie leihen sie dort vorerst aus. Dann gehen Sie kein unnötiges Risiko ein.

Auch was die richtige Skikleidung anbelangt, würde ich mich fachlich beraten lassen. Bedenken Sie dabei Folgendes: Als Freizeit- oder Hobbyläufer benötigen Sie keine Profikleidung. Es langt vollkommen aus, wenn sie bequem, warm, atmungsaktiv und wetterfest ist. Oft genügt eine Jacke und Hose wie man sie beim Joggen zur kalten Jahreszeit trägt. Wählen Sie Ihre Kleidung so aus, damit Sie nicht frieren. Des Weiteren gehören wärmende, wasserfeste Handschuhe und eine Mütze dazu. Dann kann es losgehen!

Nun folgen noch einige Tipps zur Technik:
- *Diagonalschritt* – ähnlich wie beim Gehen und Laufen werden die Skier in der Spur mithilfe der Stöcke parallel abwechselnd vorwärts bewegt. Wenn der rechte Fuß nach vorn geht, wird mit dem rechten Stock nach hinten abgestoßen und der linke Stock setzt vorn auf, während der linke Fuß noch nach hinten gerichtet ist. Nun wechselt jede Bewegung ab. Wenn Sie Nordic Walking (siehe Unterkapitel 3.1.2) beherrschen, dann besitzen Sie schon einen großen Vorteil. Ansonsten üben, üben und nochmals üben! Früher oder später geht Ihnen dieser Bewegungsablauf in Fleisch und Blut über. Dann können Sie viel Spaß erleben. Vorausgesetzt der Ski wurde nicht verwachst!
- *Doppelstock* – entweder schieben Sie beide Skier mit den Stöcken gleichmäßig nach vorn oder Sie fügen jeweils einen Zwischenschritt ein. Diese Art Technik dürfte leicht zu erlernen sein.
- *Grätenschritt* – jeder Ski wird abwechselnd rechts und links schräg seitlich mit den Skikanten fest in den schneeglatten Untergrund gedrückt. So lassen sich steile Teilbereiche gut erklimmen. Das kann zugleich für Anfänger und Ungeübte ziemlich anstrengend sein.
- *Schneepflug* – beide Skier gehen vorn zusammen und hinten auseinander, ähnlich einem Schneepflug. Da-

durch können Sie jederzeit bremsen und zum Stehen kommen.

Wenn Sie mit dem klassischen Skilanglauf beginnen, sollte sich die Loipe möglichst im ebenen Gelände befinden. Später kann das Gelände auch anspruchsvoller sein, je nach Fortschritt. Um Verletzungen zu vermeiden, bitte keine vereisten Loipen benutzen. Dies gilt besonders im Gebirge, wo es steile und längere Abfahrten geben kann. Sollte trotzdem einmal etwas passieren, ist es immer von Vorteil, wenn Sie nicht allein unterwegs sind. Nehmen Sie auch stets ein Handy mit.

Falls sich eine Möglichkeit bietet, sollten Sie irgend wo auch mal einkehren, sich aufwärmen, etwas Warmes trinken und essen. So eine Zwischenrast kann sehr angenehm sein.

Schach

Schach ist ein Gedächtnis-, Strategie- und Geduldsport. Um Schach gut spielen zu können, gehört in der Regel eine entsprechende Vorbereitung dazu, die Gedächtnis und Konzentrationsvermögen verbessern hilft. Hierzu zählen körperliche Betätigungen, die den Körper entspannen und die Nerven starken, z.B. durch Joggen, Wandern und Schwimmen (siehe 3.1.2).

Zum Schachspielen gehört ein Schachbrett, das in 64 Quadrate und somit in 8 x 8 Gitternetze, waagerecht 8 Zahlenreihen von 1 bis 8 und senkrecht Buchstaben von A bis H unterteilt sind. Schach ist ein Spiel für zwei Personen, wobei jeder 16 weiße oder schwarze Figuren bekommt. Bevor ein Spiel beginnt, wird mit zwei verschiedenen Bauern ausgelost, welche Farbe jemand erhält und wer anfangen darf. Begonnen wird immer mit den weißen Figuren. Das Versetzen einer Figur nennt man einen Zug. Von jeder Farbe gibt es acht Bauern, zwei Türme, zwei Pferde (Springer), zwei Läufer, eine Dame und ein König. Der erste Zug beginnt stets mit einem Bauern bzw. zwei der äußeren Bauern gleichzeitig. Das Ziel ist, den gegnerischen König möglichst schachmatt zu setzen und zwar in der Art, dass er durch eine oder mehrere Figuren so sehr bedroht wird, so dass er mit seinem König auf kein anderes Feld mehr ausweichen kann, weil er dann erneut bedroht wird. Dann wäre der Gegner schachmatt gesetzt. Ein solches Spiel kann auch unentschieden ausgehen.

Da jedes Schachspiel sehr viele Variationen zulässt, ist dieser Gedächtnissport recht attraktiv. Wettkampfmäßig kann Schach bis zur Weltmeisterschaft führen.

Es besteht sogar die Möglichkeit, gegen einen Schachcomputer oder mit einem imaginären Spieler online Schach zu spielen. Auch das ist eine sinnvolle Trainingsmethode.

Schachspielen ist eine hervorragende Ergänzung zu physischen Betätigungen. Es kann mehr Freude bereiten, als manch einer zu erahnen vermag.

3.2 Leistungssport zur Empfehlung

Gewiss gibt es auch beim Leistungssport Sportarten, die zur Gesunderhaltung beitragen können, sofern keiner an seine körperlichen Grenzen stößt. Aber je kraftvoller und intensiver eine Sportart betrieben wird, besonders im modernen Hochleistungssport, desto wahrscheinlicher ist es, dass es hierbei zu gesundheitlichen Schäden oder Verletzungen kommen kann. Ich kenne zwar keine Sportart, die als völlig verletzungsfrei gilt – wer sich bewegt, kann sich auch verletzen –, aber es gibt genügend Sportarten, deren Risiken relativ gering sind, z.B. Pilates, Qigong (siehe 3.1.1), Schwimmen, Walking und Wandern (siehe 3.1.2). Da sollte eigentlich jeder etwas Passendes für sich finden. Nachfolgend werde ich weitere Sportarten beschreiben, die ich aufgrund eigener Erfahrung empfehlen kann.

3.2.1 Leichtathletik

Sofern ich das korrekt einschätze, zählt die Leichtathletik zu den Sparten, mit den meisten Sportarten. Einige hiervon möchte ich kurz beschreiben:

- *Laufdisziplinen* Sprints, Mittel- und Langstreckenläufe bis 10 Kilometer werden in der Regel auf Laufbahnen in Stadien oder in Hallen ausgetragen -mit Ausnahme der Langstrecken - Halbmarathon und Marathon, die allgemein innerhalb von größeren Städten gelaufen werden, sowie verschiedene 5 und 10 Kilometerläufe, meist nur außerhalb von Örtschaften. Wer Wettkampfe bestreitet, sollte das Ein- und Auslaufen nicht vergessen.

- *Gehen* ist eine Sportart, bei der es nur um Schnelligkeit geht. Hier muss bei jedem Schritt stets ein Fuß Bodenkontakt haben. Ist eine Flugphase dabei wie beim Laufen (siehe 3.1.2), wird der Geher disqualifiziert. Mir scheint dieses schnelle Gehen eine Bewegungsfolge zu sein, die besonders die Hüftgelenke nachteilig belasten kann. Allerdings je nach Laufstil. Denn es gibt sogar Weltklasse Geher, die mit ihren Hüften rechts und links kaum schwungvoll ausscheren. Ihre Gehbewegung ähnelt die eines Langstreckenläufers. Dennoch würde ich lieber Power-Walking (siehe 3.1.2) betreiben.

- *Weit- bzw. Dreisprung* entscheidet die Geschwindigkeit, ein dynamischer und exakter Absprung, ohne auf dem Absprungbrett die Markierung zu übertreten. Sonst ist der Sprung ungültig. Beim Dreisprung habe ich meine Bedenken, wegen der hohen Belastung der Sprunggelenke, daher eine größere Verletzungsgefahr.

- *Hochsprung und Stabhochsprung* unterscheiden sich im Wesentlichen; denn einmal wird ohne Hilfsmittel und zum Anderen mit einem Stab gesprungen. Beide Arten setzen hohes technisches Können voraus. Zugleich muss alles passen – nicht nur die technischen Abläufe, sondern erfordert auch starke Nerven und eine hohe Konzentrationsfähigkeit. Ganz ungefährlich sind beide Sprungarten aufgrund potenzieller Verletzungsgefahren keineswegs.

- *Wurfdisziplinen* Speer-, Diskus- und Hammerwurf erfordern spezielle Techniken, einen pfeilschnellen dynamischen und kraftvollen Abwurf, sowie eine schnelle, dynamische und kraftvolle Drehbewegung beim Diskus- als auch beim Hammerwurf. Bei allen drei Wurfarten, die recht unterschiedlicher Art sind, ist die Flugkurve ein wesentlicher Bestandteil, um große Weiten zu erzielen.

- *Kugelstoßen* ist gut geeignet für sehr kräftige und dynamische Personen und gewiss kein gesundheitsfördernder Sport. Ich sehe mir solche Sportwettkämpfe zwar gerne an, aber es ist aufgrund der Verletzungsgefahr keine Sportart zur Empfehlung.

- *Fünf- und Zehnkampf* sind Mehrkampfsportarten für Superathleten. Hier wird der Fünfkampf, der aus fünf verschiedenen Disziplinen besteht, nur von Frauen und der Zehnkampf nur von Männern ausgeführt. Für jede Disziplin werden Punkte vergeben. Wer die meisten Punkte erhält, hat gewonnen. Das setzt voraus, dass in jeder Disziplin gute bis sehr gute Ergebnisse erzielt werden müssen. Welcher Trainingsaufwand hierfür notwendig ist, kann sich jeder selbst vorstellen. Es ist quasi keine Sportart für Wankelmütige.

Ich rate jedem, der Leistungssport betreiben möchte, egal, welchen Geschlechts, beim Trainieren nie zu übertreiben. Genauso sollten Aufputschmittel strikt gemieden werden. Wer angemessen trainiert und keinen Hochleistungsdruck unterliegt, kann Verletzungen, sowie zukünftige Gesundheitsprobleme, die im Alter drohen, sicherlich vorbeugen.

Abgesehen von Fußball, zählt Leichtathletik von der Zuschauerresonanz her mit zu den beliebtesten Sportarten wie Sportjournalisten oft berichten.

3.2.2 Kampfsport

Auch beim Kampfsport gibt es Sportarten, die ich sehr empfehlen kann. Dazu gehören u. a. Taekwondo, Karate und Kung Fu. Obwohl sich alle drei Sportarten mehr oder weniger voneinander unterscheiden, sind sie sich letztlich dennoch sehr ähnlich. Jede dieser

Kampfsportarten, die sich unabhängig voneinander entwickelt haben, stammen aus Asien: Taekwondo aus Korea, Karate und Kung Fu aus China. Eines haben diese Kampfstile aber gemeinsam, sie dienen nicht dem ersten Angriff, sondern ausschließlich der Selbstverteidigung. Darum sind es auch keine aggressiven, auf den Angriff bedachten Sportarten wie es in den meisten Filmen viel zu oft fälschlicherweise dargestellt wird.

Um keine Missverständnisse bezüglich der Gefährlichkeit aufkommen zu lassen, beziehe ich mich nur auf die Kata dieser Kampflehren. Kata sind Einzeltechniken, die in exakt festgelegter Reihenfolge ausgeführt werden und gegen imaginäre Gegner gerichtet sind. Dabei wird niemand verletzt. Es zählt alleine der sportliche Charakter, gleichwohl dessen positive Wirkung hinsichtlich Fitness und Gesundheit.

Taekwondo

Taekwondo ist eine Kampfkunst, die aus Korea stammt, nahezu 2.000 Jahre alt ist, weltweit viele Millionen aktive Sportler zählen soll und somit eine hohe Popularität besitzt. Es ist eine Kampfsportart, die ohne Waffen ausgeführt wird, sie dient ausschließlich der Selbstverteidigung. Ein Sport, der hervorragend für Kinder, Jugendliche, ebenso für Erwachsene und Senioren, egal welchen Geschlechts, geeignet ist. Hier möchte ich besonders Frauen ansprechen, die bei dieser Sportart noch klar in der Minderheit sind. Weil Taekwondo-Kata aufgrund des Trainings und der Übungsfolgen besonders gesundheitsfördernd sind, möchte ich den

Wettkampfsportcharakter bewusst etwas vernachlässigen.

1955 wurde Taekwondo in Korea zum Nationalsport
ernannt, 1976 die ETU – European Taekwondo Union – und 1981 die DTU – Deutsche Taekwondo Union gegründet.

Taekwondo bedeutet so viel wie *Weg des Fußes und der
Hand.* Es ist eine Kampfkunst, bei der Armschläge
und Beintritte zur Abwehr von Angriffen eingesetzt
werden. Diese Lehre umfasst u. a. folgende Aspekte:
Kraft, Schnelligkeit, Dynamik, Beweglichkeit, Ausdauer, Konzentration, Atemtechnik und Gleichgewicht,
wodurch der Körper kräftiger, geschmeidiger und be-
weglicher wird. Auf diese Art und Weise werden so-
gleich Eigenschaften wie Selbstbeherrschung, Willenskraft, Gerechtigkeitssinn, Treue und Hilfsbereitschaft
gefördert.

Das Kraftzentrum befindet sich etwa drei Finger-
breit unter dem Bauchnabel. An dieser Stelle sollte der
Gürtel mit dem richtigen Druck angelegt werden, um
eine blitzschnelle Anspannung zu ermöglichen.

Für diesen Sport benotigen Sie zunächst nur einen
weißen Taekwondo-Anzug und einen weißen Gürtel.
Erst nach und nach können verschiedenfarbige Gürtel
erlangt werden, jeweils nach bestandener Gürtelprüfung. Während Taekwondo eigentlich barfuß ausgetragen wird, kann man während der Wintermonate
auch spezielle Taekwondo-Schuhe tragen.

Einen qualitativ guten Verein erkennt man daran,
wenn der Trainer mehrere Dan-Grade (im Schwarz-

gurt) besitzt und einige Schüler höher graduierte Gürtel tragen.

In Deutschland gibt es entweder ein- oder mehrfarbige Gürtel. Folgende Prüfungen bzw. Grade sind beim Taekwondo-Kata möglich, zumal das Training hiernach ausgerichtet ist:

10. Kup	(Schülergrad) weißer Gürtel	
9. Kup	weißer oder gelb-weißer Gürtel	
8. Kup	gelber Gürtel	
7. Kup	gelber oder gelb-grüner Gürtel	
6. Kup	grüner Gürtel	
5. Kup	grüner oder grün-blauer Gürtel	
4. Kup	blauer Gürtel	
3. Kup	blauer oder blau-roter bzw. blau-brauner Gürtel	
2. Kup	roter oder brauner Gürtel	
1. Kup	roter oder brauner bzw. rot-schwarzer/braun-schwarzer Gürtel	
1. Dan (Meisterschüler)	schwarzer Gürtel	
2. bis 3. Dan	schwarzer Gürtel	
4. Dan (Meister)	schwarzer Gürtel	
5. bis 9. Dan (Großmeister)	schwarzer Gürtel	
10. Dan (WTF-Präsident)	schwarzer Gürtel	

Der Eid auf Taekwondo für jeden Anfänger:
- Prinzipien beachten
- Lehrer/Trainer und höhere Graduierte respektieren
- Taekwondo niemals missbrauchen
- sich für Freiheit und Gerechtigkeit einsetzen
- für eine friedvolle Welt eintreten

Beachten Sie stets sämtliche Regeln, die die Ausbildungsstätte vorgibt.

Karate

Das heutige Karate hatte seinen Ursprung um etwa 1600 auf der japanischen Insel Okinawa. Es handelt sich hierbei um eine Kampfkunst, die im Wesentlichen aus China stammte und somit als Okinawa-te bezeichnet wurde. Ein Experte dieses Kampfstils war damals Gichin Funakoshi. Als er Anfang des 19. Jahrhunderts von China nach Japan übersiedelte, das Okinawa-te mit japanischen Kampfstilelementen kombinierte, schuf er das gegenwärtige moderne Karate.

Bis im vorigen Jahrhundert, bevor diese Kampfart zu uns und nach Übersee gelangt war, wurde sie fast ausschließlich in Form von Kata praktiziert. Schließlich war damals dem einfachen Volk strengstens untersagt, irgendwelche Waffen zu tragen bzw. zu besitzen. Ihre „Waffen" waren stattdessen die Kampftechniken des Karate, die sie eigens für ihre Sicherheit entwickelt und bewahrt hatten.

Inzwischen hat sich viel an dieser Kampfkunst geändert, insbesondere hinsichtlich der Techniken – nicht nur in Deutschland, vermutlich weltweit, auch in den Ursprungsländern dieses Sports.

Nachdem in Deutschland anfangs nur Kata-Techniken erlaubt waren, wurde etwa 1965/1966 auch der Wettkampfsport Kumite neu eingegliedert, den ich hier wegen seines Verletzungspotenzials ausklammern möchte.

Stattdessen beschränke ich mich nur auf die Kata, die zu geringeren Verletzungen oder Unfällen führen können als bei zahlreichen anderen Sportarten. Es sind einige Studien bekannt z. B. des Landessportbundes Nordrhein von 1979, die das belegen. Deswegen braucht sich niemand hierüber zu sorgen: Karate-Kata sind nach meiner Erkenntnis und Erfahrung ziemlich ungefährlich, sofern die Übungen korrekt und unter Anleitung eines kompetenten Trainers ausgeführt werden. Da brauche ich nur an mein jahrelanges Training zurück denken. Sonst würde ich Kata gewiss nicht als Gesundheitssport empfehlen.

In Deutschland dürfte es nicht schwerfallen, einen Sportverein, eine Karateschule oder ein Fitness-Center in Ihrer Nähe zu finden, wo Sie Karate-Kata erlernen und praktizieren können. Vielleicht existieren auch noch andere Trainingsstätten; Informationen erhalten Sie im Internet oder bei Ihrem Kreissportamt.

Was ein Karateka (Karateschüler) benötigt, ist ein weißer Karateanzug mit weißem Gürtel. Ansonsten wird barfuß trainiert. Ab 7 oder 8 Jahren kann jeder Karate betreiben, dafür sind keine besonderen Vorkenntnisse erforderlich. In der Regel gibt es wesentlich mehr männliche als weibliche Karatekas, eindeutige Feststellung während meiner aktiven Zeit. Deshalb möchte ich besonders an Mädchen und Frauen appellieren, sich hieran zu beteiligen. Wenn Ihnen der Mut hierzu noch fehlen sollte, dann schauen Sie einfach mal einem Training zu, an dem auch weibliche Personen teilnehmen. Eventuell können Sie auch jemanden mitnehmen. Das Zuschauen oder ein Probetraining würde wohl jeder Karatetrainer erlauben. Sie werden von dieser Kampfkunst begeistert sein, insbesondere von Ihrer physischen und psychischen Fitness. Einige Vorzüge, die hierbei erlangt werden können:
-Stärkung der Willenskraft, Nerven, Selbstbeherrschung und Konzentrationsfähigkeit
-fördert logisches und optimistisches Denken, siche-

res Auftreten, positive Ausstrahlung
-beugt Ängsten vor und macht mutig
-baut Stress ab oder beseitigt ihn und schult den Cha
rakter.

Dies sind Vorzüge, die jedem Menschen zugutekommen.

Bevor Sie mit Kata beginnen können, müssen die Basistechniken Kihon, auch Grundschule genannt, erlernt werden. Erst dann werden die einzelnen Techniken einer Kata eingeübt, bis sie als Bewegungsfolge fest eingeprägt sind. Schnelligkeit, Dynamik, Kraft, Atmung und die korrekte Ausführung mit Fußtritten, Faust, Handkante, Finger, Unterarm und Ellenbogen sind Voraussetzungen, diese Techniken auszuführen. An bestimmten Stellen wird ein Kiai (Kampfschrei) ausgestoßen. Wenn eine Kata beherrscht wird, kann die Gürtelprüfung abgelegt werden. Wen es interessiert, folgende Prüfungen sind möglich:

Unterstufe

9. Kyu	weißer	Gürtel
8. Kyu	gelber	Gürtel
7. Kyu	orange	Gürtel
6. Kyu	grüner	Gürtel
5. Kyu	zum 1. blauen	Gürtel

Mittelstufe

4. Kyu	zum 2. blauen	Gürtel
3. Kyu	zum 1. braunen	Gürtel
2. Kyu	zum 2. braunen	Gürtel

Oberstufe

1. Kyu	zum 3. braunen	Gürtel
1. Dan	zum 1. schwarzen	Gürtel
2. Dan	zum 2. schwarzen	Gürtel, bis zum

7. Dan

Wer Karate erlernen möchte, um diese Kampftechniken aggressiv gegen andere Personen einzusetzen, ist bei diesem Sport fehl am Platz. Solche Personen werden in der Regel rasch vom Training wieder ausgeschlossen.

Kung Fu

Die Lehre des Kung Fu ist eine uralte Kampfkunst, die aus China stammt. Sie besteht nicht nur aus rein körperlichen Techniken, sondern enthält auch spirituelle Dimensionen, die aus der Meditation des indischen Yoga (siehe Unterkapitel 3.1.1) übernommen wurden.

Wesentlicher Bestandteil des Kung Fu sind Kampfstile, welche die Atmung, Bewegungen sowie das Angriffs- und Verteidigungsverhalten von verschiedenen Tieren nachahmen. Das Spiel der 5 Tiere ist eine uralte Heilmethode, die der chinesische Arzt und Gelehrte Hua Tuo entwickelt hat, welche speziellen Kampfkunsttechniken des Qigong (siehe Unterkapitel 3.1.1) entsprechen. Zu diesen Tierarten gehören Bär, Kranich, Affe, Tiger und Hirsch. Später kamen weitere Tierarten hinzu, darunter Leopard, Adler, Schlange, Drache und Gottesanbeterin.

Diese speziellen Fähigkeiten der Tiere, die sie im Laufe ihrer Evolution entwickelt haben, um in ihrer Lebenswelt bestehen zu können, nach dem Motto „der Stärkere überlebt", lassen sich ebenso auf den Menschen übertragen.

Nachfolgend einige Aufzählungen und Vorzüge solcher Tiertechniken:

- *Schlange* – lehrt Geduld, fördert Schnelligkeit, Atmung und innere Kraft
- *Tiger* – stärkt Muskeln, Knochen und äußere Kraft
- *Kranich* – verbessert die Zugfestigkeit der Sehnen und das Gleichgewicht
- *Drache* – stabilisiert und kultiviert den Geist
- *Leopard* – fördert Schnelligkeit und Ausdauer

Das Kung Fu beinhaltet sowohl Hand-, Fuß als auch Waffentechniken. Um mit Waffen wie Langstock, Speer, Säbel, Schwert etc. trainieren zu können, muss jeder Schüler den entsprechenden Reifegrad und die entsprechende Fähigkeit erlangt haben.

Beim Kung Fu sind die Gürtel rot und in der Mitte mit einem farbigen Streifen versehen. Diese Farben sind dem Leben eines Baumes angepasst. Je nach Reifegrad ist es eine andere Farbe:
- der erste Gürtel ist weiß
- der zweite Gürtel ist grün
- der dritte Gürtel ist braun
- der vierte und letzte Gürtel ist schwarz

Die Farben können auch verschieden sein, je nach Kung-Fu-Stil. Nach dem alten Kung-Fu-System gab es hingegen gar keine Gürtel.

Auch die Kampfanzüge können in Farbe und Form recht unterschiedlich sein.

In Deutschland wurde Kung Fu etwa Anfang der 70er-Jahre durch Filme bekannt. Sie hinterließen so viel Eindruck, dass es zu einem Kung-Fu-Boom kam. Insbesondere galt dies für die Filme, in denen Bruce

Lee die Hauptrolle spielte, der damals wohl beste Karatekämpfer weltweit.

Neben dem Erwachsenen-Training möchte ich Kindern Kung Fu sehr empfehlen. In der Regel enthält das Kindertraining Übungen und Techniken, die direkte Verletzungen ausschließen. Die Eltern können folglich unbesorgt sein. Die positiven Veränderungen, die eine Kung-Fu-Schulung bewirkt, werden ihnen keineswegs verborgen bleiben. Sie werden staunen, wie sich die Charaktereigenschaften ihres Kindes, d. h. Selbstbeherrschung, Respekt, Disziplin u. a., verbessern können. Das Training sollte dafür stets kindgerecht praktiziert werden.

Weil es ein Ganzkörpertraining ist, werden besonders die Ausdauer, Kondition, Muskulatur und Geschmeidigkeit gefördert. Gleichwohl werden die schulischen Leistungen verbessert und Aggressionen abgebaut.

Nach der chinesischen Kulturrevolution 1976 und aufgrund des Filmes „Shaolin Tempel" 1980, lebte Kung Fu in China von Neuem auf. Zahlreiche Kung-Fu-Schulen wurden gegründet, einige mit mehreren tausend Schülern.

Heute zählen Kung Fu und Qigong in China zum Volkssport. Diese Kampfstile sollen zugleich lebensverlängernd wirken.

Was ich besonders wertschätze, sind die Übungsfolgen von verschiedenen Tierstilen. Aber Vorsicht: Auch sie enthalten Techniken, die zu Verletzungen führen können.

Obwohl solche Bewegungsabläufe durchaus faszinierend ausschauen, würde ich sie niemanden empfehlen.

3.2.3 Ballspiele

An Ballspielen schätze ich, dass es überwiegend Mannschaftsspiele sind, die den Teamgeist fördern. Nicht nur den Spielern bereitet das Ballspielen viel Freude, sondern genauso den zahlreichen Fans, sofern ein Spiel gewonnen wird.

Die Ballspiele, die ich nachfolgend kurz umschreiben möchte, finden zwar viele Interessenten, egal, ob aktiv oder passiv, aber zum Gesundheitssport zählen sie aufgrund ihrer Verletzungsgefahr nur bedingt. Dennoch, je besser jemand durchtrainiert ist, desto geringer ist in der Regel auch die Verletzungsanfälligkeit. Das trifft natürlich auf die meisten Sportarten zu.

Fußball

„König" Fußball ist weltweit die beliebteste Mannschaftssportart und das Mutterland dieses Sports ist England.

In Deutschland kennen wir den Amateur- und Profifußball sowohl für Männer als auch für Frauen. Während die Männer in den drei Bundesligen Vollprofis sind, gehen die meisten Frauen, sogar in der 1. Liga, noch einer weiteren Tätigkeit nach, um ihren Lebensunterhalt zu bestreiten. Deshalb sind ihre Leistungen besonders zu würdigen.

Wer diesen Sport gerne betreiben möchte, vom Schüler bis zum Senior, findet fast immer einen Verein in seiner Nähe. Mehr als ein Paar Fußballschuhe, Sportkleidung, Schienbeinschoner und eine Sporttasche werden da kaum benötigt. Die Trikots stellt in der Regel der Verein zur Verfügung. So betrachtet, kann sich diesen Sport fast jeder leisten.

Über Fußball viel zu schreiben, ist kaum vonnöten, zumal fast jedes Kind weiß, was Fußballspielen bedeutet. Eines sollte jedoch bedacht werden, dass Fußballspielen kein harmloser Sport ist. Zu den häufigsten Verletzungen zählen z. B. Achillessehnenriss, Außen- und Innenbandriss, vordere oder hintere Kreuzbandruptur, Meniskusschaden, Muskelfaserriss, Schulter- und Kopfverletzungen.

Das Training wird allgemein von einem Fußballtrainer bzw. -lehrer geleitet, der für die Fitness eines jeden Spielers zuständig ist wie für Kraft, Dynamik, Technik, Schnelligkeit und Ausdauer. Wer im Training gute Leistungen zeigt, darf meist auch in der Mannschaft mitspielen und sein Können zeigen. Das kann schon Ansporn sein, zumal manch ein Akteur bestrebt ist, mal ganz oben mitzuspielen.

Was ich oft feststelle, ist, dass Frauen beim Fußballspielen weniger empfindlich und unfairer wirken als Männer. Bei diesen genügt oft schon die geringste Körperberührung und sie fallen so spektakulär um, als wären sie vom Blitz getroffen worden. Dies ist oft eine schauspielerische Leistung vom Feinsten. Oder sie provozieren ganz geschickt einen Körperkontakt, als hätte sie ein Gegenspieler gefoult. Es gibt so manche Spezialisten, die es meisterlich beherrschen. Leider fallen einige Schiedsrichter hierauf immer wieder herein.Die meisten Fußballspielerinnen haben solche Verhaltensweisen kaum nötig, zumindest gegenwärtig noch.

Handball

Dieser beliebte Mannschaftssport wird entweder als Hallen- oder Feldhandball betrieben. Übertragungen im Fernsehen -meist sind es Spitzenspiele- finden ausschließlich in einer Halle statt. Besonders in Europa ist Handball populär.

Im Vergleich zum Fußball sind die rechteckigen Spielfelder beim Handball wesentlich kleiner, ebenso die Tore. Zu einer Mannschaft, ob männlich oder weiblich, gehören 6 Feldspieler(innen) und ein(e) Torwart/Torfrau. Ein Spiel dauert zweimal 30 Minuten, für Spieler ab 16 Jahren und bei jüngeren Schülern sind diese Zeiten entsprechend reduziert. Auch die Bälle haben eine unterschiedliche Größe, je nach Alter der Akteure.

Trainiert werden neben der Kondition spezielle Wurftechniken, z. B. Schlag- und Sprungwurf. Handball besteht aus Verteidigung und Angriff, um gegnerische Tore zu vermeiden bzw. eigene zu erzielen. Wird ein Spieler gefoult, kann der Schiedsrichter einen Freiwurf, einen 7-Meter-Wurf, eine Verwarnung oder eine Zeitstrafe sowie eine Disqualifikation gegen den Verursachers verhängen.

Wer glaubt, Handball sei ungefährlich, der irrt sicherlich. Hier kann es zu ähnlichen Verletzungen wie beim Fußball kommen.

Volleyball

Diese Sportart stammt ursprünglich aus den Vereinigten Staaten von Amerika und weltweit soll es Millionen aktive Sportler geben.

Volleyball ist überwiegend ein Hallensport und kann sowohl als Leistungs- oder auch Freizeitsport gespielt werden. Zu einer Mannschaft gehören 6 Spieler, die versuchen, den Volleyball über ein Netz in das gegnerische Spielfeld zu befördern, ohne dass ein Gegenspieler dies verhindern kann. Greift eine Mannschaft an, dann sollte der Ball im Idealfall bereits über dem Netz abgeblockt werden. Die Mannschaft, die an der Reihe ist, führt am Anfang einen Aufschlag aus, der das Netz nicht berühren darf und im Spielfeld des Gegners landen sollte. Berührt der Ball das Netz oder landet er außerhalb des gegnerischen Spielfeldes, dann darf die andere Mannschaft aufschlagen. Die Mannschaft, die nach ihrem Aufschlag oder nach einigen Ballwechseln mit dem Ball das gegnerische Spielfeld berührt, erhält einen Punkt zugesprochen. Wer zuerst die vorgegebene Punktzahl, z.B. 21, mit zwei Punkten Vorsprung erreicht, hat das Satzspiel gewonnen. Immer wenn die aufschlagende Mannschaft den Ball verspielt, müssen deren Spieler bis zum eigenen Nebenspieler rechtsherum rotieren. Erst dann darf die gegnerische Mannschaft den Aufschlag ausführen.

Im Freizeitsport können die Mannschaften auch gemischt sein, Frauen und Männer spielen dann zusammen. Wie viele Personen je Mannschaft mitspielen dürfen, kann nach Absprach festgelegt werden. Es sollten auf jeder Seite aber mindestens zwei Spielerinnen bzw. Spieler sein. Ein Schiedsrichter wäre dann nicht erforderlich. Denn ein(e) Mitspieler(in) könnte die Punkte ja zählen. So kann Volleyballspielen recht lustig sein und eine Menge Spaß und Freude bereiten.

Ich habe früher selbst gern Volleyball gespielt. Leider hatte ich zweimal Pech oder war nicht aufmerksam genug, denn nach einem gegnerischen Schmetterball am Netz, der auf die Oberkante eines meiner Finger krachte, ist jeweils eine Sehne gerissen. Eine Sehne

wächst zwar wieder an, wenn der Finger korrekt ge-
schient ist, das könnte jedoch mehrere Monate dauern.
Die Schmerzen waren allerdings erträglich. Trotz alledem finde ich aktives Volleyballspielen nach wie vor
recht freudvoll und spannend.

Beachvolleyball ist dem normalen Volleyball sehr
ähnlich, nur dass es von jeweils zwei Akteuren(innen)
und im tiefen Sand ausgetragen wird. Ansonsten läuft
vieles analog ab. Die Frauen spielen hierbei im Bikini
und die Männer in kurzer Hose. Es ist ein idealer
Sommersport, der auch freizeitmäßig gerne gespielt
wird.

Basketball

Ein Ballsport, der sowohl in der Halle als auch im
Freien ausgetragen wird. Weltweit soll es an die 450
Millionen Menschen geben, die Basketball spielen, laut
Weltbasketballverband FIBA. In den USA und in Ka-
nada besitzt diese Sportart einen besonders hohen
Stellenwert, in Deutschland und anderen europäischen
Ländern ist er weniger populär.

Der Erfinder dieses Sportes, James Naismith, war
1891 darum bemüht, eine körperliche Betätigung zu
finden, die kaum zu Verletzungen führt. Ich finde, eine super Idee. Damals war Basketball noch ein
Einpersonenspiel und somit fast ungefährlich. Als diese Sportart 1892 ein Mannschaftsspiel wurde, kam es
auch zu entsprechenden Verletzungen.

Beim Basketball spielen zwei Mannschaften gegen-
einander, um einen Ball in den Korb der anderen
Mannschaft zu werfen, der in genau 3,05 m Höhe angebracht ist. Zu jeder Mannschaft gehören 5 Feldspie-
ler und zu jedem Spiel 2 Schiedsrichter.

Je nach Zugehörigkeit eines Verbandes ist ein Spiel in vier Viertel der Spielzeit aufgeteilt – entweder in 4 x 10 oder 4 x 12 Minuten. Unterbricht ein Schiedsrichter das Spiel, wird die Zeitnahme gestoppt. Deshalb kann ein Spiel wesentlich länger dauern, manchmal sogar mehr als eine Stunde. Basketballspieler sind überwiegend große Sportler, um die 2 m, was sowieso von Vorteil sein kann, insbesondere beim Angriff oder der Abwehr nahe am Korb. Die Mannschaft, die am Ende die meisten Punkte erzielt, hat gewonnen.

Basketball ist ebenfalls eine angenehme Freizeitbeschäftigung, an der die ganze Familie teilnehmen kann. Dazu genügt ein Korb an der Garage oder sonst wo. Es gibt auch Kinderspielplätze, Schulen und andere Stellen, wo die Möglichkeit besteht, Basketball zu spielen. Im Hinblick auf Fitness und Ausdauer, so vermute ich mal, könnte ein körperliches Defizit bestehen. Da sollte es aber genügend Alternativen geben, dem entgegen zu wirken.

Hockey

Zu den Ländern mit den technisch versiertesten Hockey-Spielern weltweit, die es einst gab, zählten Indien (1975) und Pakistan (1994). Als dann in einigen Ländern Europas und in Übersee Hockey athletischer ausgerichtet wurde, war die Vormachtstellung von Indien und Pakistan beendet. Nun sind z.B. Länder wie Deutschland, die Niederlande, Großbritannien oder Argentinien und Australien stärker einzustufen.

Feldhockey wird allgemein im Freien und auf Rasen gespielt, neuerdings zunehmend auch auf Kunstrasen. Hallenhockey findet nur im Winter statt. Das

Spielfeld in der Halle ist kleiner als das im Freien. Die Tore sind ähnlich klein wie beim Eishockey.

Zum Feldhockey werden ein kleiner Ball, ein Hockeyschläger und spezielle Kleidung benötigt, mehr nicht. Die Frauen spielen, neben der entsprechenden Oberbekleidung, in kurzen Röcken und die Männer in Shirts sowie in kurzen Hosen. Wie bei den Fußballern, benutzen beide Geschlechter meist noch Schienbeinschützer unter den Kniestrümpfen. Der Tormann bzw. die Torfrau tragen spezielle Schutzausrüstung: Einen Helm mit Gesichtsschutz (Gitter), einen Beinschutz bis über die Oberschenkel, besondere Schuhe und Handschuhe. Hinzu kommt noch ein Schläger. Die Ausrüstung kann ziemlich teuer sein, sofern der Verein sie nicht zur Verfügung stellt.

Eine Mannschaft besteht aus 5 Feldspielern und 1 Torwart. Im Training wird hauptsächlich Kondition, Technik und Ballgefühl vermittelt. Ob es gesundheitlich gut ist, in gebückter Haltung über den Platz zu laufen/rennen, entzieht sich meiner Kenntnis. Meiner Wirbelsäule würde ich so etwas keineswegs antun. Abgesehen davon kann Hockeyspielen auch ein freudvoller Sport sein.

Kinder können schon ab 4 Jahren mit dem Hockeyspielen beginnen, wovon ich eindringlich abraten möchte. Ab 8 oder 9 Jahre fände ich es sinnvoller, ganz zum Wohle der Kinder.

Tischtennis

Zu dieser Sportart gehören in der Regel zwei Personen, die ohne jeglichen Körperkontakt miteinander spielen. Es gibt den Einzel- und den Doppelwettkampf. Um diesen Sport ausüben zu können, werden eine Tischtennisplatte, ein spezielles Netz, ein Ball und ein Schläger pro Person benötigt.

Tischtennis ist das schnellste Rückschlagspiel, das existiert, auf Reaktion und Armbewegung bezogen. Durch individuelle Beeinflussung des Balles können z.b. die Geschwindigkeit, die Rotation oder die exakte Platzierung auf die Tischplatte taktisch und spielerisch vorbestimmt werden. Hierfür ist eine gute Beherrschung der Technik mit Ball und Schläger erforderlich.

Tischtennis wird vom Deutschen Tischtennis Bund e. V. als Gesundheitssport bezeichnet und sowohl zur Prävention als auch für Reha-Maßnahmen empfohlen. Dies sind orthopädisch orientierte Bewegungsspiele, die anfangs unter ärztlicher und therapeutischer Anleitung stehen – mit dem Ziel, dass sie später allein ausgeführt werden können, für Personen, die unter Osteoporose, Gelenkproblemen, Wirbelsäulenschäden u. a. leiden. Hierfür können extra Kurse besucht werden, deren Kosten von einigen Krankenkassen (fragen Sie bei Ihrer Kasse nach) einmal jährlich bezuschusst werden. Entsprechende Präventionskurse können recht positiv auf das Herz-Kreislauf-System, die Körperverspannung und das Wohlbefinden wirken.

Tischtennis kann fast überall gespielt werden, entweder wettkampf- oder freizeitmäßig. Außerhalb eines Vereins kann das auf einem Schulgelände, in Parkanlagen, auf der Arbeitsstätte, zu Hause im Keller oder in der Garage sein. Dafür lässt sich fast immer ein passender Ort finden.

Golf

Eine interessante und spannende Sportart, die auch in Deutschland boomt, hat ihren Ursprung in Schottland. Es handelt sich hierbei um einen Ballsport, der bis vor geraumer Zeit noch nicht für jedermann zugänglich war. Zugang hierzu besaßen damals aufgrund der erforderlichen finanziellen Mittel vielmehr nur Menschen, die als reich und Persönlichkeit galten. Weil aber immer mehr Golfplätze angelegt wurden und werden, besteht mittlerweile die Möglichkeit, auch als Normalverdiener Golf zu spielen. In Deutschland ist Golfspielen ein Trendsport.

Wer gerne Golf spielen möchte, sollte sich erst einmal in seiner näheren Umgebung darüber informieren, ob hierzu die Gelegenheit besteht. Falls ja und wenn die Kosten erschwinglich sind, kann das neue Abenteuer beginnen. Für relativ wenig Geld werden von Golfklubs oder einigen Ferienhotels auch Schnupperkurse angeboten.

Wer noch nie Golf gespielt hat, sollte sich nicht vorschnell eine Golfausrüstung zulegen – die kann auch ausgeliehen werden. Zuerst muss sowieso eine Platzreife, der sogenannte Golfführerschein erlangt werden, bevor jemand zum Golfspielen berechtigt ist.

Ich empfehle, die Prüfung zur Platzreife in dem Klub abzulegen, wo Sie auch später spielen wollen. Denn nicht jeder Golfklub akzeptiert eine Platzreife, die woanders erlangt wurde. Ein Kurs zur Platzreife dauert ungefähr 17 Stunden und wird von einem erfahrenen Trainer geleitet. Trainieren Sie aber keineswegs alleine, nur um Geld für einen Trainer zu sparen. Bei der anschließenden Golfprüfung könnte sich das recht nachteilig auswirken. Ist die Prüfung letztendlich bestanden, erhält jeder Absolvent eine Urkunde mit dem Gütesiegel des Deutschen Golf Verbandes e. V. (DGV). Normalerweise wäre dann jeder berechtigt, überall in Deutschland Golf zu spielen, bis auf eventuelle Ausnahmen, denn diese Urkunde mag in manchen Klubs keine Anerkennung finden.

Es soll sogar Hotels geben, auch im Ausland, die Pauschalangebote anbieten, wo jemand die Platzreife erlangen kann. Dies sollte jedoch aufgrund der Option, dass diese woanders nicht anerkannt wird, gut überlegt sein.

Bei der Ausbildung zur Platzreife werden insbesondere Bewegungsabläufe, Tipps, Tricks sowie die Golfregeln gelehrt. Dazu gehören viel Technik, Disziplin, Übung und Geschicklichkeit. Solche Fähigkeiten können zudem gefördert werden, wenn jemand ein Training in Feldenkrais (siehe Unterkapitel 3.1.1) oder eine Therapie mittels Rolfing (siehe Unterkapitel 1.5) absolviert. Dann viel Vergnügen!

3.3 Behindertensport

Ein weit verzweigter Sammelbegriff, der durchaus Verwirrung hervorrufen kann: Wer differenziert im Alltag schon zwischen einer momentanen und einer dauerhaften körperlichen Behinderung? Meist ist hiervon keine Rede. Wenn ich im Internet nach körperlichen Betätigungen suche, die für einen Behinderten gesundheitsfördernd sein können, dann finde ich meist nur Hinweise auf den Wettkampfsport – mal abgesehen von einigen Selbsthilfegruppen, bei denen der gesundheitliche Effekt im Vordergrund steht.

Sicher kann ich den Wettkampfsport so dosieren, dass Behinderte nicht überfordert werden. Aber sieht es in der Realität wirklich so aus, dass sie auf Leistungsbestreben lieber verzichten? Ich möchte das bezweifeln. Wahrscheinlicher ist, dass jeder Behinderte versuchen wird, beim Sport seine Leistungen zu steigern, um noch besser und erfolgreicher zu werden. Dort zählen eben nur Siege und Erfolge. Wer diese Reize unbedingt sucht, egal, ob es der Gesundheit förderlich ist oder nicht, der soll es eben tun. Hauptsache, der Betreffende ist damit zufrieden.

3.3.1 Sportliche Empfehlungen

Ich bin der Meinung, dass sich jeder körperlich behinderte Mensch – bis auf wenige Ausnahmen – in irgendeiner Art und Weise sportlich betätigen kann und sollte. Es sei denn, von haus- oder fachärztlicher Seite wird hiervon strikt abgeraten. Dennoch würde ich noch einen zweiten, gegebenenfalls auch einen dritten Arzt/Ärztin aufsuchen und um deren Rat zu ersuchen, denn drei Mediziner können durchaus "vier" unterschiedliche Auffassungen vertreten. Dies könnte auch jemand mit Professoren-Titel sein. Dessen Wissenspotenzial sollte sich eigentlich auf dem aktuellen wissenschaftlichen Stand befinden. Erklären Sie genau, um welche körperlichen Bewegungen es ihrerseits gehen soll, wozu Sie Lust verspüren. Erhalten Sie „grünes Licht", dann handeln Sie rasch. Je eher Sie aktiv werden, umso besser, aber anfangs nur mit geringer Belastung beginnen.

Normalerweise sollte es hierfür spezielle Beratungsstellen mit gut ausgebildeten Fachkräften geben. Falls nicht, dann können Sie entsprechende Auskünfte von Krankenkassen, Sportvereinen, Selbsthilfegruppen oder anderen Stellen bekommen. Auch im Internet finden Sie entsprechende Informationen.

Sicher gibt es genügend Sportarten, die Sie betreiben könnten, je nach Art und Grad der Behinderung. Und bedenken Sie: Eine sportliche Betätigung, die innerhalb einer Gruppe betrieben wird, wird erfahrungsgemäß wesentlich angenehmer empfunden, als allein im eigenen Kämmerlein. Letzteres wäre ohnehin nur dann möglich, wenn sich jemand in Ihrer Nähe befindet. Einige Übungen, die vorher in der Gruppe erlernt wurden, ließen sich durchaus auch daheim ausführen, zumal einmal wöchentliches Training sicherlich zu wenig wäre.

Überlegen Sie im Vorfeld, welche Körperteile Sie belasten können, die nicht von Ihrer Behinderung betroffen sind. Das kann z.B. der ganze Oberkörper, ein Arm oder nur ein Bein sein. Für jeden Körperbereich sollte es meines Wissens sportliche Übungen geben. Entweder Sie finden welche selbst heraus, gegebenenfalls auch anhand meiner Beispiele oder Sie suchen sich fachlich medizinischen Rat. Vermeiden Sie unbedingt Risiken! Vielleicht kennen Sie Menschen, die Ihnen hierbei helfen würden. Das können auch fremde Personen sein – z. B. jemand, der Sie zum Sport mitnimmt und zurückbringt. Hier sehe ich gewiss entsprechende Möglichkeiten.

Ein besonderes Augenmerk möchte ich auf Kinder und Jugendliche legen, die körperbehindert sind. Denn sie benötigen nicht nur gute Fürsorge, sondern genauso viel Zuneigung. Helfen Sie ihnen, dieses Leid zu lindern. Kinder sind allgemein sehr dankbar und froh, wenn sie sich mit anderen Leidgenossen in ähnlicher Situation sportlich und spielerisch betätigen können. Schließlich ist es ein dankbares Gefühl, freudvoll leuchtende Kinderaugen zu sehen.

3.3.2 Lichtblicke

Anmerkung: Geben Sie niemals die Hoffnung auf! Es wird stets eine Chance geben – selbst wenn sie gering erscheinen sollte –, dass sich ein Leiden verbessern kann, auch und gerade durch Sport.

Hierzu ein persönliches Erlebnis: Eine Nachbarin, die ich von Kindheit an gut kannte, war schon seit jungen Jahren querschnittsgelähmt und an den Rollstuhl gebunden. Als eines Tages nun ihre Mutter verstarb, konnte sie plötzlich aus dem Rollstuhl aufstehen und wieder gehen. Zwar etwas unsicher, aber es funktionierte. Alle dachten an ein Wunder, was geschehen sei. Ich sah das Ereignis aber ehr seelisch und physisch bedingt, verursacht durch den schrecklichen Todesfall.

Eine andere junge Frau, die sich in ähnlichen Situation befand, wollte sich nicht ein Leben lang mit ihrer Behinderung im Rollstuhl abfinden. Auch sie war querschnittsgelähmt. Sie überlegte immer wieder, was sie tun kann, um eventuell wieder gehen zu können, eine sehr willensstarke und hoffnungsvolle Frau, zumal ihr auch genügend Ideen in den Sinn kamen. Vom Rollstuhl aus hat sie nun so lange geübt und trainiert, bis sie ihre Zehen, dann die Füße und schließlich die Beine bewegen konnte. Es hat ziemlich lange gedauert (wenn ich mich recht erinnere, etwa zwei Jahre lang), bis sie eines Tages aufstehen und gehen konnte. Im deutschen Fernsehen wurde vor Jahren über dieses Ereignis ausführlich berichtet. Auch in dem Fall war es letztlich kein Wunder, sondern vernünftige und sehr sinnvolle Eigeninitiative. Also viel, viel Erfolg!

Nachwort

Wer alles beim Alten belässt, zu keinen Änderungen seiner Lebensgewohnheiten bereit ist, kann demzufolge auch keine dauerhafte und gefestigte Gesundheit erwarten. Das sollte gut überlegt sein! Oft hilft schon ein Bauchgefühl, um zu erkennen, zu welchen Veränderungen bzw. Opfern Sie bereit wären. Warten Sie mit einer Entscheidung nicht zu lange. Denn je ehr damit begonnen wird, ungünstige bzw. negative Gewohnheiten aus seinem Leben zu eliminieren, umso rascher lässt sich gesundheitlich etwas Wohltuendes bewirken. Mein Buch enthält so viele Anregungen, Beispiele, Empfehlungen und Ideen, dass jeder etwas Passendes für sich finden sollte. Eine regelmäßige Körperentgiftung und die Beseitigung einer Übersäuerung, sofern Letzteres zutrifft, sollten hierbei niemals fehlen. Bei mir genießt beides höchste Priorität.

Grundsätzlich möchte ich nicht unerwähnt lassen, wer sein biologisches Alter verlängern beziehungsweise um Jahre verjüngen, also ein günstigeres biologisches Alter erlangen will, der/die müssen hierfür auch etwas Entscheidendes tun. Denn die Geschwindigkeit des Alterns hängt etwa ein Drittel von erblichen Voraussetzungen und ungefähr zwei Drittel von der individuellen jeweiligen Ernährung als auch körperlichen, geistigen Betätigungen ab. Wer diesbezüglich die richtige Balance findet, hat bis im hohen Alter nur geringe Einschränkungen zu befürchten und ein lebenswerteres Wohlbefinden zu erwarten, was aller Wahrscheinlichkeit noch fünf, zehn, fünfzehn oder mehr Jahre Lebensverlängerung bedeuten könnte.

Üben Sie sich einfach in Geduld, sofern sich der erhoffte Erfolg nicht umgehend zeigt – denn jede Frucht benötigt ihre Reifezeit.

Dipl.-Ing. der Geodäsie
Klaus Dieter Trautmann

Autor

Klaus Dieter Trautmann, geboren 1942 in Friedrichroda/Thüringer Wald, seit seiner Jugend erstmals ansässig im niedersächsischen Wolfsburg, ist von Beruf gelernter Maler, Dipl.-Ing. der Geodäsie und ab 2003 Buchautor, sportlich stets aktiv, auch als Trainer: Langstreckenlauf, Power Walking, Kampfsport und Pilates. Er ist Vater von zwei Töchtern: Bianca und Paula, die beide sein größter Stolz bedeuten. Seine neue, lebenswerte Heimat fand er 1979 in Deggendorf/ Niederbayern, an der romantischen Donau und am Tor zum Bayerischen Wald. Bis 1984 war er Beamter der damaligen bayerischen Flurbereinigung. Seitdem betreibt er ein Ingenieur- und Vermessungsbüro. 2003 schrieb er das Buch: "RHEUMA - Systemischer Lupus erythematodes", seiner verstorbenen Ehefrau Waltraud aus Hof/Saale gewidmet und 2014 das Buch "Symphonie des Lebens".

FSC
www.fsc.org
MIX
Papier | Fördert
gute Waldnutzung
FSC® C083411

Zeitfracht Medien GmbH
Ferdinand-Jühlke-Straße 7
99095 Erfurt, Deutschland
produktsicherheit@kolibri360.de